EVE TFA

亡き王女のための殺人遊戯《デス・ゲーム》

桜庭一樹

ファミ通文庫

ents

口絵・本文イラスト／シーズウェア

cont

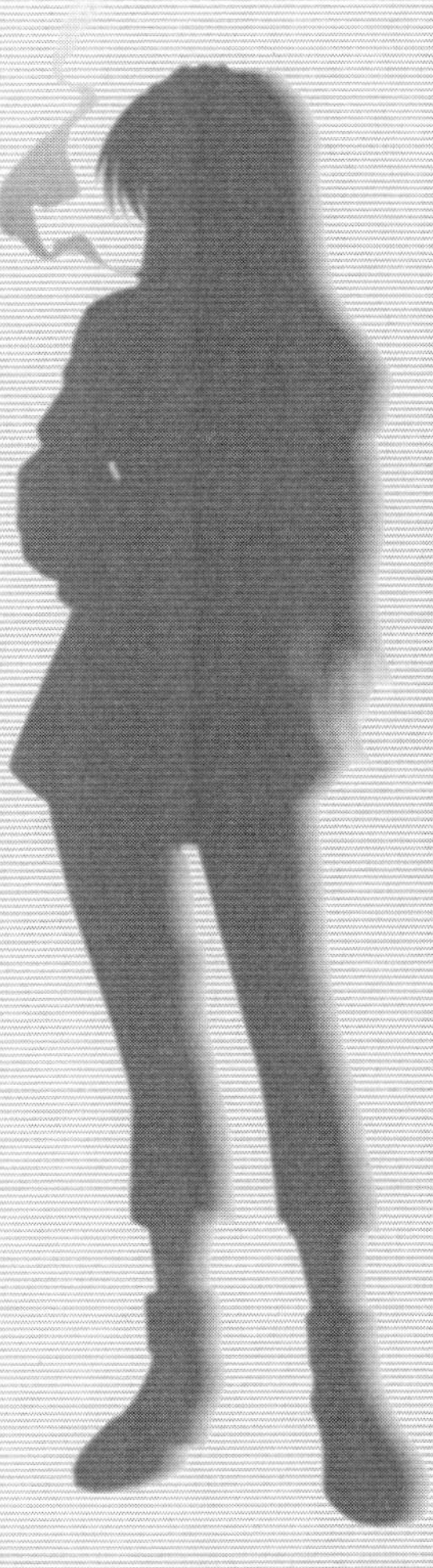

☾プロローグ

ない、ない、ない……。

繁華街《はんかがい》から横道に数歩入っただけで、そこは人通りのない都会の死角になる。すぐそこに大通りがあるのに誰も入ってこないし、多少声を荒らげても、騒ぎながら通り過ぎる人々まで届かない。

横道で男の影に組み伏せられた若い女は、だが、もう声を上げてはいなかった。今夏流行の豹柄《ひょうがら》のシャツを着た細い体は、中心に大きな赤黒い穴が開いていた。そこからはみ出した腸が闇夜《やみよ》に白く輝いている。

ない、ない……。女に覆《おお》い被《かぶ》さった影が呟《つぶや》き続けている。ない、ない……ここにあるはずなのに。この女もハズレか？　確かだと思ったのに！

路上をベタベタした液体が広がっていく。男は手に光るナイフを持ち、女に開けた大きな穴を少しずつ広げながらまだ呟いている……。

ない、ない、ない……。

夜が明け始めた。

始発が走り始めるまであと一時間弱。

遊び疲れた一〇代の子達が、五、六人のグループでダラダラ歩いている。ラメの模様が入ったビスチェで肩を出した女の子が数人。男のほうが多い。

少年の一人が「あれ」と呟いて、シルバーの指輪をジャラジャラさせた指で路地を指し示した。

赤黒い水溜《たま》りができている。女の子が「やだあれ、血じゃない？」と呟く。数人で路地を覗《のぞ》き込んで、一斉に呻《うめ》き声を上げる。

腹から腸をはみ出させて横たわる、若い女の死体。光沢《こうたく》ある水色のアイシャドーととろけるようなピーチのリップグロスがぬられた顔は、化粧崩れもなく、少し青白すぎることを除けば文句なしに美しかった。つけ睫毛《まつげ》をつけた大きな瞳《ひとみ》が虚空《こくう》をみつめ、驚いたように見開かれている。

女の子の一人が両手を口に当て「ねぇ、これってもしかして、さっき話してた、あれ、じゃない……」と呟く。少年が振り返り、なにごとか口の中で呟き……。

一人、二人、と死体に近づいた。

被っていたキャップの端や携帯電話のアンテナを使って死体の腹を探り始める。女の子が悲鳴を上げる。「やめてよ。それより、一一〇番しよーよ！」少年たちはかまわず、腹の中を探っては何か呟く。

「ねーな」

「ああ。犯人が持っていったんじゃねぇ?」

「じゃあWINNER《ウィナー》決定かよ。早くねぇ?」

「まだみつかってねぇんだよ、きっと。ゲームは始まったばかりって話だろ?」

小声で言い合いながら死体の腹を探る。生臭い匂《にお》いが立ちのぼる。

女の子が声を上げた。

「誰か、くるよ」

「どんなやつ」

「大人」

少年たちは立ち上がりすばやく大通りに戻ってきた。

地下鉄の駅に降りる階段を早足で駆け下りていく。女の子の一人が「……あった?」

と訊《き》くと、少年が首を振った。

「ねぇよ」

「……そう」

女の子たちはなぜか残念そうに眉《まゆ》をしかめて、顔を見合わせた。

その顔には不安が浮かんでいる……。

一人がかわいらしい声で呟く。

「殺人遊戯《デス・ゲーム》……」

ゴォォッ、と音がして、地下鉄がやってきた。

オレは、退屈しきっていた。
事務所は蒸し暑く、依頼人は妻の浮気を疑う中年男か、
ベランダのガラスを開けた途端飼い猫に逃げられたOLで、
おまけに助手の氷室は夏休みを取っていた。
この夏、オレは……退屈しきっていたんだ。

小次郎編

#1

【8月1日／小次郎、女と出逢う】

☾小次郎編#1「8月1日／小次郎、女と出逢《であ》う」

目覚めると、うだるような暑さの中にいた。

〝東京都内の今日の最高気温は三七度です〟と、電源を入れたばかりのテレビに映る、かわいらしいがちょいと色気の足りないお天気お姉さんが告げている。オレは大きな唸《うな》り声を上げて、固いソファから体を起こした。

背中が、起動し続けたゲーム機みたいに熱くなって放熱し始めた。オレはため息をついた。

おそらくオレはいま、都内でもっとも気温の高い部屋にいるのだ。賭《か》けてもいい。

その原因は一つじゃない。まず、ここが住居用に建てられた建物じゃないこと。

ここは湾岸地域に忘れられたように建っている古ぼけた倉庫街だ。なにが入っているのかわからない怪《あや》しげなコンテナが詰められた倉庫が幾つも並んでいる。オレがいるのはその倉庫の一つ。貸したやつも、周りの倉庫を借りているやつも、まさかここに人間が住んでいるとは思うまい。

一応、表札を出しているんだがな。

『あまぎ探偵事務所』の。

オレが、世話になったおやっさんの経営する桂木《かつらぎ》探偵事務所で探偵術を学び、A級ライセンスを習得したのはもう十年近く前のことだ。そこでおやっさんの片腕として数々の難事件を解決したりと大活躍したのだが、わけあって、その恩人、おやっさんをこの手で告発する羽目になり……オレはその事務所を出た。それから数年。独立して、このボロ事務所であいも変わらず探偵業を営んでいるというわけだ。

……うまくいってるかって？　相変わらず、浮気調査にペット探し、つまんない依頼ばっかりでクサッてるんじゃないのかって？

……ご名答だよ。あーあ。このオレ様、天城小次郎《あまぎこじろう》様の天才的手腕を埋もれさせておくなんて、世の中間違ってるとしみじみ思うけどな。いまのところ、あいも変わらず、オレは浮気調査のエキスパートだ。もっとも、最近の浮気はメールや携帯電話を使ったハイテク……てのも大げさだけど、まぁそんな感じだから、あまぎ探偵事務所としては助手の氷室恭子《ひむろきょうこ》の活躍が目立つ。あいつはコンピュータやらなにやらに強いからな。みかけによらず。

あ。氷室で思い出した。あいつぃま、休暇を取って南の島へ行っちまったんだけどな。帰ってきたら……ヤバイな。怒る、だろう、な。

オレはため息をついて天井《てんじょう》を見上げた。真昼間《まっぴるま》からギンギン部屋を照らしている照明。これのせいで昼夜関係なく部屋は明るく、そして、暑いのだ。そう、この部屋が蒸し風呂みたいになってる理由の二つ目がこれだ。消えない白熱灯。

昨夜のことだ。あまりにもこない依頼人、氷室がいないのでよくわからんコンピュー夕、暑さ、そして深夜番組の若手お笑い芸人のあまりのつまらなさ……いろんな原因でもってイライラが最高潮に達したオレは、思いっきりボスッと壁を殴った。いまだに、なんであんなことしたのかわからん。おそらく人間ってのは後先考えずに行動してしまう愚かな生き物なんだろう。オレもその一人だ。……前置きが長くなったが、そういうわけでオレは唐突《とうとつ》に壁にパンチを入れてしまい、そこにはたまたま配電盤があって。

それきり照明が消えなくなってしまった。修理しようにもよくわからん。

ギラギラ輝く白熱灯に照らされたまま、オレはやけくそになってそのまま寝た。そして昼前に起きてみると……部屋はこの夏一番の蒸し風呂になっていた、というわけだ。

氷室が帰ってきたら、謝って、機嫌とって、直してもらおう。あいつはこういうもの全般に強いからな。ははは。楽勝だ。

……はぁ。


オレはとりあえず、シャワーを浴びて汗と一晩の苦悩《くのう》を洗い流し、外出することにした。まず顔と体を洗い、それからシャンプーで髪を洗う。

昔……オレにしては恐ろしく長くつきあっていた二つ年上の女がいて、そいつはたまに一緒に風呂に入ると、いつもオレに注意した。女曰《いわ》く、まず髪を洗って、そのあと顔と体、なんだそうだ。シャンプー液は肌に有害だから、とかなんとかガミガミ言われた。適当に聞き流していたが、そのあと助手の氷室とも、まぁそういう関係になって……氷室にまで同じことを言われたとき、オレは決意したのだ。

絶対にシャンプーは最後に使う。女達の言うことなんか聞くもんかってんだ。

だからオレは死ぬまで、その掟《おきて》を守ることだろうと思う。

頭からシャワーを浴びて体中に飛び散るシャンプーの泡を洗い流し、オレは風呂を出た。バスタオルでごしごし頭を拭《ふ》いて、体中を適当にポンポン拭き、素っ裸のまま部屋の中を歩き回る。いつものTシャツとダボッとしたパンツを身につけて、濡《ぬ》れた髪のままで出かける準備を始めた。

(髪を乾かせよ、小次郎)

(ちゃんと体拭いてよね。まったく、所長……)

(おい、どこに行くんだ小次郎)

オレにガミガミ言うのが好きな女達の声が聞こえた気がした。それは一人じゃない。オレがこれまでにかかわった……多少なりとも愛情らしきものを感じた女達の声だ。それはオレの中で、一人の女に融合して、オレを自分のものにしようとする。意のままにしようとする。

やだね。オレは独り言をいう。オレはそういうものと戦い続けてきたんだ。

組織に属さない。自分の意志に反して行動しない。女に溺《おぼ》れてもそいつの付属物にはならない。

それが男だ。そうだろ?

オレは髪から滴《しずく》をたらしながらドアを開けて外に出た。

眩《まぶ》しすぎる真夏の陽射《ひざ》しがオレを照らした。

髪なんかすぐに乾かしてくれそうな光だ。太陽はオレの味方ってわけだ。

オレは満足して歩き出した。


地下鉄に乗って、ドアにもたれながらなんとなく車内の中吊《なかづ》り広告に目をやった。

週刊誌の広告には一面に「六本木ギャル殺し」「腹を裂かれた死体　夜の六本木悪夢」など、先月から起こっているおかしな殺人事件に関するタイトルが踊っていた。確か、六本木界隈《かいわい》で夜明け頃、遊び人の女の子が殺されて……似たような事件が何件か続き、連続通り魔事件として騒ぎになってるってやつだ。

物騒《ぶっそう》な世の中だ。それなのになぜオレの事務所には、浮気調査といなくなったペルシャ猫や文鳥の捜索《そうさく》ぐらいしかこないんだろう。この世の七不思議の一つだな。

オレは興味を失って広告から目を離した。そのとき地下鉄が目的の駅……六本木に到着した。


目的の場所は、地下鉄の駅から地上に出て六本木交差点を三丁目方向にしばらく行き、とある角を曲がったところにある。小さな書店だ。

中に入ると雑誌のコーナーで立ち読みしている人が数人いた。

オレの目指すコーナーに女が一人立っていた。何か探すように雑誌の棚に目を走らせている。後ろから見ると、膝《ひざ》上二〇センチぐらいでカットしたスリムジーンズの上からでも、小さくて形のいい尻が人目をひいていた。背は低い。一六〇センチないだろう。でも、長い手足、小さな頭、そしてじっくり焼いた光沢《こうたく》のある肌……ずいぶん日本人離れしたプロポーションだ。

オレは女の横に立って目指す雑誌を手に取った。海外版のグラビア雑誌だ。アメリカ版、フランス版などはほかの書店でも手に入るが、ブラジル版、カザフスタン版、アルゼンチン版……世界各国のになるとここでしか手に入らない。

世界各国の美女が挑発的なポーズを取る表紙の中から、特にハイレベルなモデルが目を引くブラジル版に手を伸ばしてつかんだとき……となりの女が呟《つぶや》いた。

「あった」

女はオレがつかんでいたブラジル版雑誌をひょいと横取りした。「あった、あった」ともう一度呟いてレジに向かおうとする。

「……あっ、おい、待てよ」

ぷりぷりした小さな尻がぴたっと止まった。振り返る。

サラサラの黒いショートヘアが揺れて、止まった。

オレは黙った。

小動物のような顔だ、と思った。真っ黒で潤《うる》んだ瞳《ひとみ》は長い長い睫毛《まつげ》で縁取《ふちど》られている。

鼻筋は通っていて唇は薄い。白いタンクトップを無造作《むぞうさ》に着ているだけだが、後ろから見た尻と同じく、胸の隆起も小さめだがぷりりと丸く、ラインが芸術的だ。

オレがかかわったことのないタイプの女だった。オレの回りにいるのは、どちらかというと大人で、顔も体も落ち着いた色気を醸《かも》し出すタイプだ。

オレは珍しい動物にみとれるような目で女を見た。

女は、オレが何も言わないのでくるりときびすを返してレジに向かっていく。

「あ、おい。待てったら」

オレは我に返って女を追いかけた。女は不思議そうにオレを見上げた。

うっ。

すごく下のほうに女の顔があった。オレは小柄な女に慣れていない。ことに、こんな潤んだ大きな瞳で、こんな下からみつめられるのは……。

「なぁに？」

女が言った。

ちょっと不思議なイントネーションだった。外国訛《なま》りだろうか。

「それ、オレが手に取った雑誌だろ。オレに買う権利がある」

「いまわたしが持ってるわ」

「じゃなくて、最初はオレが……」

レジの前で言い合っていると、回りの客がこちらをジロジロ見始めた。言い合いの原因になった雑誌を見て笑いをこらえている少年もいる。……オレは根負けして「いいよ。君が買えよ」とレジから離れた。女はなにも言わなかった。オレが雑誌の棚に戻り、別の雑誌を物色してレジに戻ったとき……女はもうそこにいなかった。

オレはレジで金を払いながら奇妙な喪失感《そうしつかん》を味わっていた。

こんな都会で偶然行きあっただけの女だ。よほどの偶然がなければもう逢《あ》うこともないだろう。

ぷりっとした胸と、尻と、長い睫毛がチラチラ脳裏に蘇《よみがえ》った。オレは振り切るように書店を出て歩き始めた。

書店からさらに横道に入って、大通りの喧騒《けんそう》が嘘《うそ》のように静かなその道の途中にある、隠れ家のような喫茶店に入った。ここは知る人ぞ知るといった目立たない店で、内装もとくに洒落《しゃれ》ているわけでなく、マスターは無愛想で、コーヒーは泥水、紅茶はカルキ臭い色つき水だ。しかしサンドイッチだけは芸術的にうまい。

「マスター、ミックスサンドと水ね」

店に入っていつもの注文をし、いつもの席……窓際の特等席に目をやると。

さっきの女がいた。

ご丁寧《ていねい》にも女の前にはミックスサンドと水がおいてあった。

オレは絶句して、ため息をつき、前髪をかきあげた。

女は顔を上げてオレをみつけ「あ、さっきの変な人」と言った。

「だ、誰が変な人だ。変な人はおまえだ。あんな妙な雑誌買って、こんな妙な店入って、水頼んで……」

「あなたも同じことしてる」

「……う」

オレが言葉に詰まると、女は大きな瞳をふいに糸のように細くして、笑った。

「気があうね」

オレは一瞬黙って、それから笑い出した。「そうだな。気があう。まったくだ」そう言うと女もまた笑った。

あんなに大きな、ぽとんと床に落ちてきそうな黒い瞳なのに、笑うと嘘みたいに細くなる。そうするとイメージががらりと変わって不思議に日本的な雰囲気がした。オレがじいっとみつめていると、女は「座れば」と自分の前の席を指差した。

遠慮せずにオレは座った。ミックスサンドがもう一つ運ばれてきて、オレもそれをほおばる。ジューシーで、パンがかりっとしていて、いつも通りうまい。食べながらオレは女に聞いた。

「おまえ、なんであんな雑誌買ったんだ？　あれは男の雑誌だぞ」

「友達が出てるから」

女はさらっと言った。

「友達ぃ?」

「わたしはセシル。ブラジルから日本にきたばかりなの。日系三世よ。ブラジルの友達がこういう雑誌にモデルとして出ていて……懐《なつ》かしいから買ったの。おかしい?」

「その友達を紹介してくれ」

「いいけどブラジルまで行ける?」

「……行けないな」

オレ達は顔を見合わせて笑った。

「あなたは?」

「オレ?」

「あなた、なにしてる人?」

オレはサンドイッチを飲み込んで、言った。

「探偵だ」

「探偵!?」

女……セシルはブッと吹き出した。

「おいおい、失礼だな。探偵は立派な職業だぜ。ライセンスも持ってるし、本物だよ」

「だってだって、探偵なんて、映画みたい。あはは。へんなの。おもしろい。あなたおもしろい人!」

「あのなぁ……」

セシルはふいに真面目な顔になった。そうすると黒く潤んだ瞳がいっそう大きく見える。その顔が真剣さを秘めているように見えて、オレは一瞬、構えた。

「奇遇ね」

「奇遇？」

「わたし、探偵を探している美しき依頼人なの」

「……」

「……なーんちゃって！」

芝居がかった調子で言うと、セシルはまたぶーっと吹き出した。そのまましばらく笑い転げている。糸のように細くなった目を恨《うら》みがましく見て、オレは「言ってろよ」と呟いた。

一瞬、えらく切羽《せっぱ》詰ったような……依頼人の顔、に、見えたん、だが、な……。

オレも勘が鈍《にぶ》ったかな。それにしても……いつまで笑ってやがるんだ、この娘は。

オレはサンドイッチを食い終わり、水を飲んだ。セシルは時計を見て「あ。もう行かなくちゃ」と呟いて立ち上がった。オレを見てなにか言いかける。

その顔に、やっぱり、切実な光を見た気がした。気のせいかもしれんがな……。オレは喫茶店の紙ナプキンにあまぎ探偵事務所の電話番号と地図を書いて、セシルに手渡した。

「美しき依頼人になることがあったら、ここにきな、セシル」

セシルはクスクス笑って「映画みたい」とまた言った。「だろ？」オレがウインクすると、セシルもウインクを返してきた。

「さよなら、おもしろい探偵さん」

おもしろいは余計だよ……。

そう呟く前に喫茶店のドアが閉まり、セシルの姿は見えなくなった。


夜。

相変わらず蒸し風呂状態の事務所で、浮気調査の資料をまとめたり……つまりオレがもっとも苦手な作業を続けていたときだ。

ふいに来客を知らせるベルが鳴った。

オレは思わず時計を見た。午前十二時を少し回っている。もう真夜中だ。こんな時間に突然訪ねてくるなんていったいどんな客だ？　依頼人か？　昔の女か？　厄介《やっかい》事を抱《かか》えた顔見知りの探偵か？

オレは気のない様子で立ち上がり、重い鉄のドアを開けた。

つややかな褐色の足が目に入った。若干細すぎるがラインは十分肉感的だ。どこかで見た足だ……オレは顔を上げた。

昼間会った女、セシルが立っていた。笑いの発作《ほっさ》中だったときとは違い、不安そうな顔をして黙っている。オレと目があうと、ホッとしたように小さく息を吐いた。

あっ、これに弱いかもしれない、オレは……ふいに思った。

見下ろすと、すごく下のほうにセシルの顔がある。大きな潤んだ瞳。長い睫毛は汗か涙かで濡れて見える。そんな目でオレを見上げる。

オレは小柄な女に慣れていないんだ。小柄なくせに色っぽい女には。慣れてないんだよ！

セシルはさくらんぼのように赤くつやつやした唇を開いた。

「あまぎ探偵事務所は、ここ？」

「……そうだ」

不安そうに目を伏せるセシルにオレは囁《ささや》いた。

「奇遇だな。ちょうど、美しき依頼人を待っていたところだ」

セシルが顔を上げた。さっきまでなかった透明な粒……涙が一滴、その褐色の頬《ほお》を流れ落ちた。

「探偵さん、わたしを助けてほしいの」

☾小次郎編#2「8月2日／小次郎、捜査開始する」

もしあんたが男だとしよう。もちろん人それぞれ好みってモンがある。だからどんなタイプの女を想定してもかまわないが……とにかく一目見て気に入った女がいて、でもそいつとはたまたま街で行きあっただけで、二度と会わないと思っていたとする。そしたらその晩遅く女が自分を訪ねてくる。それだけで驚きだ。しかも、女が言う。

「わたしを助けてほしいの」

あんただったらどうする？

女には興味がある。だけど、もちろん、厄介事《やっかい》には巻き込まれたくないよな。

ああ、一つ言い忘れた。あんたが男で、しかも探偵だったら、だ。

しかもその探偵は、格好つける癖《くせ》があって、正義感が強くて、そしてさらに悪いことに……ギネスブックに乗るぐらいの自信家なんだ。

あんたがどうするかは知らないけど、オレはこうした。いや……する前に考えたよ。ゼロコンマ一秒ぐらいはな。

「もちろんだ、ベイビー。この天城小次郎様に不可能はない。……とりあえず入りなよ」

格好つけて肩をすくめてみせると、女……セシルはクスリと笑った。昼間ばか笑いし

ていたときとはまったく違う、不安げで、女っぽくて、ふるいつきたくなるような微笑《びしょう》だった。

オレは「さぁ、オレの城へようこそ」と言いながら先に部屋に戻った。とたんにモワッとした蒸し風呂状態の空気がオレを直撃した。

「ええと、その……外で話、聞こうか」

「……どうして？」

「いや……」

セシルは平気そうな顔をしていた。オレは昼間会ったときにセシルが話したことを思い出した。ブラジルからやってきた日系三世。確かそう言っていたな……。それなら日本人よりも暑さに強いのかもしれない。

オレは冷蔵庫からミネラルウォーターのペットボトルを出してセシルに渡した。セシルはふたを開け、一口、二口、飲んだ。

それから顔を上げた。

「二人の男がいるの」

「……うん？」

唐突《とうとつ》な話し方だ。だが、依頼人にはこんな口火の切り方をするやつが珍しくない。おおかたは、混乱していて、順序だててうまく話せないのだ。こんなときこちらがガミガミ言ったりしたら余計パニックを起こしてしまう。オレは警察官じゃないからな。落ち着かせてゆっくり話を聞く。それが結局は一番能率的だってことを、経験上知ってる。

セシルは言葉を捜《さが》すように天井《てんじょう》に視線を泳がせた。オレはその仕草に少し引っかかりを感じた。こういった表情を浮かべるとき、依頼人は……こちらに話すことと伏せておくことを心の中でより分けていることが多い。すべてを話すのではなく、都合のいいカードだけを見せて、それだけで解決させようとする。

そんな依頼人の思惑《おもわく》は、多くの場合、捜査の遅れや混乱を招いてしまう。

まぁいい。急がなくても、少しずつ聞き出していけばいいことだ。

「セシル、まず君のことを聞こう」

「わたしのこと？」

「日本にやってきた理由。滞在期間。将来の夢。まぁ、そんなことだ」

セシルはクスリと笑った。

「いいわ。まず、わたしが日本にきたのは……働くためよ。滞在期間は三ヶ月の予定だけど、そのあいだに暇をみつけて、日本の文化とか、いろんなことを勉強したいの。将来の夢はとくにないわ。まだ一八歳だし、でも、そうね」

セシルは言葉を切った。「……夢は、いろいろあるわ」そう言ってミネラルウォーターを口に運ぶ。

「働いてるって？」

「六本木のショーパブで。あ、意外そうな顔したわね？　メイクするともっと大人っぽくなるし、日本語もわかるから人気あるわよ」

「ふーむ」

オレは頷《うなず》いた。「で、最初に言った〝二人の男〟ってのは、そこの客？　それとも関係ない？」スムーズに依頼の件に話がつながった。セシルは説明し始めた。

「客じゃないの。あのへんはほら、夜になると人が多いでしょ。ここ二週間ぐらい、帰りとかに、誰かがついてきてるような……わたしをじっと見てるような気がしてね。気のせいだと思ったんだけど、どうもいやな感じがして。タクシーに乗ったり、別の道から遠回りして帰ったりしていたの。そんなことを繰り返してるうちに、ついてきているのが二人組の男だって気づいたわけ」

「どんなやつ？」

「あの辺《あた》りで夜、遊びにきた女の子達に声をかける黒服の若い男がいるの、知ってる？」

オレは首を傾《かし》げた。そんなものがいるような気もするし、いないような気もする。

「あれはホストクラブの見習いなの。女の子達に声をかけて店まで案内する。人気が出れば売れっ子になって成り上がるらしいけど、たいていはわずかな基本給だけでこき使われて消えていく。わたしの後を尾《つ》けているのは、その見習いの男の子二人。どういうつもりなのか、そんなことをしてなんになるのか、さっぱりわからないけど。でも……」

「得体が知れない分、恐怖も強くなる。君が怯《おび》えるのは当たり前だ」

オレが頷くと、セシルはほっとした顔をした。

「わかったよ。とりあえず明日の夜、君をガードして送っていく。そしてその怪しげな男達をとっ捕まえて理由を聞き出す。それでいいだろう」

セシルは頷いた。

じっと目をみつめていると、先に目をそらした。

オレは少し迷っていた。セシルの言う通りの事件なら一晩で解決する。その男二人を捕まえて事情を聞けば済む。簡単な捜査だ。

セシルの言う通りならば。

オレはセシルがすべてを話していないと感じていた。当り障《さわ》りのないことしかオレに伝えていない。もしその隠している部分がおおごとだった場合……。

事件は面倒な展開になることもある。ときには、だが。

翌日の夜中。六本木交差点近くにあるセシルのアルバイト先の前で、オレはポケットに手を突っ込み、セシルが出てくるのを待っていた。

早めにきて辺りの様子を観察していたのだが……そろそろセシルが出てくるな、という頃になって、どこからともなくスーツの男が二人現れ、オレと同じように店の看板に寄りかかったりしながら待ち始めた。

見たところにきびの跡も消えない二〇歳前の男だ。一人は背が高く、茶髪を肩まで伸ばしている。もう一人は短髪でやけに陽に焼けている。辺りを気にするように横目でチラチラ見ながら、小声で何ごとか相談している。

オレの携帯電話が鳴った。セシルからだ。『いまから出るねぇ、探偵さん』少し酔っているらしく陽気な声で言う。ほどなく店からセシルが出てきた。中で化粧も落として着替えたらしく、すっきりと化粧けのない顔に、切り落としたスリムジーンズ姿だ。

細くしなやかな足がオレをみつけて近づいてくる。

「探偵さん、はっけーん」

「酔ってるな」

「酔ってないもん未成年だもん」

「あーそうか。しなだれかかるな。それより、あの……鍼灸院《しんきゅういん》の看板に寄りかかってる二人組。あいつらだろ?」

セシルはオレの肩にしなだれかかりながら、ちらりとそちらを見た。急に真面目な声に戻り「そうよ。あの二人。間違いないわ」と言う。

「わかった。とりあえず人目のないところまでおびき出そう」

「……相手は二人よ、探偵さん」

「素人《しろうと》二人だ。問題ない」

セシルはあきれたような顔でオレを見上げた。

「もしかして自信家?」

「もちろんだ。行くぞ」

オレとセシルはゆっくり歩き出した。角を幾つか曲がり、繁華街《はんかがい》の夜中の喧騒《けんそう》から遠ざかり、人気《ひとけ》が完全になくなった頃……。

背後から足音がした。

オレは振り返る。

思ったよりずっと近くまで敵が迫ってきていた。オレは一瞬ひるんだ。すぐに気を取り直す。何かがきらりと光った。アーミーナイフだ。右と左から二本のナイフがこちらに迫ってくる。

セシルの悲鳴が聞こえた。

☾小次郎編#3「8月2日／小次郎、襲撃される」

セシルの悲鳴と同時に、オレの携帯電話が突然鳴り始めた。背後から迫っていた男達は、響き渡る電子音に一瞬ひるんだ。

その隙《すき》を逃さず、オレは一歩踏み込んだ。右にいた茶髪の男の腕をねじ上げ、悲鳴とともに取り落としたナイフを遠くに蹴《け》りだす。短髪の男が振りかざすナイフとのあいだに、腕をねじ上げた相手を押し出して盾《たて》にする。ひるんだ隙に、男の腕を放し、ナイフを持ったほうに横から体当たりする。

おやっさん仕込みの格闘術だ。買ったばかりのアーミーナイフを振り回しているガキなんかに冗談でも負けるもんか。リーチの長い回し蹴りを、靴を履《は》いたまま短髪の男のこめかみに蹴りこむと、男は頭をかばうように両腕を上げ、ふらついてその場にしゃがみこんだ。

長髪の男がふいに走り出した。「あっ、おい。そっちは！」タクシーが抜け道に使うことの多い幅広の道路の方角だ。オレが止めるよりはやく、長髪の男はその道路に飛び出していった。

キキーッ！

急ブレーキの音。

オレは怯《おび》えて立ちすくむセシルを抱《かか》え込むようにして庇《かば》い、音のしたほうに駆けつけた。

タクシーが一台停《と》まり、初老の運転手が下りてきた。

そのフロントガラスに、うつぶせに長髪の男が張り付いていた。セシルがオレにしがみつく。スローモーションのようにゆっくり、男の体がフロントガラスからずり落ちて、横のほうに流れ、ズシリ、とアスファルトの道路に落ちた。

フロントガラスは粉々に割れ、周囲に血が飛び散っていた。

セシルがまた悲鳴を上げて、オレにしがみつく。運転手のほうも、倒れた男を覗《のぞ》き込んでひいっと呟《つぶや》き、できればオレにしがみつきたいような顔をした。

男の顔はメチャメチャに潰《つぶ》れていた。血がどくどくとあふれてくる。「う、ぉぉぉ……」なにかうめいた。運転手が「い、生きてる」と呟く。

「救急車を呼べ、はやく」

「はっ、はいっ」

運転手があわてて電話をかけ始める。

オレは男に話しかけた。「いま救急車を呼んでる。名前は?」男は呻《うめ》いているだけでなにも答えない。しばらく聞き取れないような呻き声を続けていた男は、救急車の音が聞こえ始めると、ふいに体を起こそうともがき始めた。

まっすぐに、血にまみれた指で一点をさし、明瞭《めいりょう》な声を出した。

「あの女が、もってるんだ」

「……なんだって？」

「あの女が、持ってるんだ。そのはずなんだ」

男の血まみれの指は一点を指している。その指をたどって振り返ると……。

そこには、瞳を見開いて睫毛《まつげ》を震《ふる》わせるセシルの姿があった。


真夜中の救急病院で、またオレの携帯電話が鳴り響いた。

時刻は午前二時だ。慌《あわただ》しげに出てきた看護婦が「院内での携帯電話は禁止です」と言うので、オレは番号を確かめて公衆電話でかけなおした。

「もしもし？　天城だが」

『はろはろ〜。何度電話しても出ないんだもん。法条《ほうじょう》、まりな、でぇーす』

明らかに酔っ払っている、悪友……というのだろうかなんなのだろうか、法条まりなが出た。元内閣調査室の敏腕《びんわん》捜査官《そうさかん》で、いまは内調の教官をやっている女だ。

「いま病院なんだよ。携帯使うなって叱《しか》られたぜ。看護婦に」

『あはは、小次郎だっさー』

「あのなー。……あ、もしかして」

オレはふと気づいた。

「さっき電話したのもおまえか？　一時間ぐらい前」

『そーよ』

「それは助かった。ちょうどナイフ持ったガキと格闘してたんだ。電話のおかげでガキが油断したんで、楽になったよ」

『……相変わらずな生活ねー。物騒《ぶっそう》なことばっかりして。世の中、平和が一番よー』

「おまえが言うか」

法条はひとしきり笑ってから『あ、そーだ』と言った。

『わたし、また捜査官に復帰することになってさ。その前に研修でアメリカに二ヶ月、行くんだわ。一週間後に。お土産《みやげ》いる？』

「いらん。べつに。そんな用でかけてきたのか」

『あと……』

法条はちょっと黙った。

『出発前に弥生《やよい》と飲もうかと思ってさ。なにか……伝言あるなら言っとくけど』

「……」

弥生……桂木《かつらぎ》弥生は世話になったおやっさんの一人娘だ。おやっさん亡きいまは、一人で桂木探偵事務所を切り盛りする敏腕所長だ。オレより二つ年上で。

弥生とオレは、ずいぶん長い間恋人同士だった。そのあいだにはもちろん、いろんなことがあったけれど、ほかの女とのあれこれで二人の関係が変わることは、結局、なかった。なにがあってもオレ達は恋人同士であり続けた。

数年前、あの事件が起こるまでは。

わけあっておやっさんをこの手で告発したオレを、弥生は受け入れることができなかった。数々のオレの裏切りを許してきた弥生は、このことだけは、許せない、許さない、と決めた。オレはそれに従った。それ以来オレ達はもう恋人同士ではない。

まだ惚《ほ》れてるかって？　そんなことは関係ない。弥生の問題なんだ、これは。そうだろう？

「べつにないよ。……べつにない」

『ふーん……』

法条はそれ以上は聞かなかった。元来、おせっかいだが、無神経な女じゃない。『じゃあお土産はターミネーターのマトリョーシカね。じゃおやすみ』と言って唐突《とうとつ》に電話を切った。

「ターミネーターのマトリョーシ……そんなもんあんのか？」

オレは独り言を言って電話を切った。

病室の前に戻ると、医者が廊下に出てきて、オレをみつけ近づいてきた。

「交通事故に遭《あ》われた方をお連れになったのはあなたですか」

「はぁ」

「お知りあいで？」

「いや。たまたま通りかかっただけで……」

医者は、じゃあなんでわざわざ病院にきたんだ？　と不思議がるような顔をした。確かにそうだが……男が言った「あの女がもってるんだ」という言葉についてもっと詳しく聞きたかったし、オレの蹴りを食らったもう一人の男は騒ぎの中で姿を消してしまったから、ここにきて聞きなおすのが一番だと思ったのだ。

しかし、それは無駄《むだ》足に終わったようだった。

医者は首を振って「お亡くなりになりました」と言ったのだ。

短髪の男を騒ぎのゴタゴタで見逃したのは、明らかにオレの失点だった。

失点はそれだけじゃなかった。病院までついてきたはずのセシルが、いつのまにか姿を消していたのだ。

依頼を受けたときに聞いた住所……ショーパブの寮として使われているワンルームマンションに行ってみたが、帰っている様子はなかった。翌日の夕方になるのを待って勤め先のショーパブに電話してみると、彼女から「何日か休む」と連絡が入っていた。

セシルは姿を消した。

連絡もなかった。

オレは死んだ男がセシルを指さして言った言葉のことを考えていた。いったいなんのことなのだろう。セシルはオレになにを話し、なにを伏せていたのか。

（あの女が持ってるんだ）


セシル。

おまえは一体なにをしたんだ？　なにを隠してるんだ？

ここで降りるわけにはいかなかった。依頼人はいないが、どうせほかの仕事が入っているわけでもない。それに、いかに魅力的な若い女であろうと、依頼人にコケにされるのはオレの信条に反する。

そういうわけで……

オレは捜査に乗り出すことにした。

☾小次郎編#4「8月3日／小次郎、雲をつかむような話に行き当たる」

セシルが消え、二人組の男の一人が死に、もう一人を逃がした。

失点に落ち込んでいるひまはない。その日の夜までにオレが調べたのは、二人組の素性だった。

死んだ男の名は松村康之《まつむらやすゆき》。地方の高校を中退して東京にやってきた。二ヶ月前から六本木のホストクラブに見習いとして入っている。

見習い仲間に聞くと、もう一人の男についてはわからないが、容貌《ようぼう》からいうと同じ見習いの近藤英輔《こんどうえいすけ》ではないかと言う。

松村と近藤はよくつるんで遊びにいったりしていたという。最近は二人でなにやらコソコソ相談していることもあったというヤツもいた。とりあえず寮に行ってみたが、近藤英輔は帰宅していなかった。店が開く時間になっても出勤してこない。

オレは、近藤英輔がよく行くという、寮のある駅前のマンガ喫茶に顔を出してみた。

冷房が効《き》きすぎなぐらい効いているだだっ広いマンガ喫茶の隅《すみ》の席に、見覚えのある男がだらしなく座っていた。目の前のテーブルには、冷めたコーヒーが半分ほど残ったカップと、積み上げられたマンガの山だ。

オレは気配を消して近づき、ガシッとその肩に手を置いた。近藤英輔は飛び上がった。

「よう」

「あっ、どうも」

近藤は間の抜けた返事をした。それから改めて、もっと丁寧《ていねい》に挨拶《あいさつ》したほうがいいと判断したらしく、肩をすくめるようにして首を下げ「ちーす」と言った。

「ちーす、じゃない。話を聞かせてもらう」

「あ、はい。も、もちろんです」

緊張と恐怖からか妙に従順だ。だがその手はポケットに入れられて何かを握《にぎ》り締《し》めている。

「ナイフなら無駄《むだ》だぞ」

「はっ、はい？」

「ナイフを持った腕の長さと、足の長さはそう変わらない。昨日学ばなかったか？　ナイフを振り回したってオレの蹴《け》りにはかなわない。わかったら手をポケットから出せ。どうだ？」

「あ……はい」

近藤はポケットから手を出し膝《ひざ》の上に置いた。不安そうにちらちら回りを見回している。オレはウエイトレスに「アイスコーヒー」と注文して、近藤のほうに向き直った。

近藤英輔はいまにもちびりそうな顔をしていた。そして頭を膝に擦《す》り付けんばかりにして「す、す、すんません！」と叫んだ。

「おまえの連れ、死んだぞ」

「ええっ」

まだ知らなかったらしい。「救急車で運んだけど、ダメだった。だからおまえを探したんだ。説明しろ。セシルを……あの女を尾《つ》けていた理由。それから女が持っているものについて」そう言うと、近藤は観念したように頷《うなず》いて話し始めた。

「オレはあんまりよく知らなくて……マッちゃんが聞いてきた話だから」

「マッちゃん？　死んだ松村康之か」

「はぁ……。マッちゃんが言うには、どっかのクラブで外人から聞いた話なんだって。女の写真見せられて『こいつの腹の中にはすげぇブツがあるんだ。これがありゃあ一生遊んで暮らせる』って教えられたんだって。そのブツがなんなのかはわからないけど、オレ達、一攫千金《いっかくせんきん》夢見てこっち出てきたから、その話にクラッとしてさ。そしたらマッちゃんが先週、その写真の女をみつけたって言ってきてさ」

「それがあの女か」

「そうっす。で、後を尾けたりしてたんだけど、腹の中にあるブツって、どうやってみつけたらいいのかわかんなくてさ。ねぇ？」

近藤はオレに問いかけてきた。オレは「そりゃあ……」と考え考え言った。

「腹を裂《さ》いて出すしかないだろう」

そう言ってから、自分の言葉にふと引っかかり、壁をみつめた。

腹を裂く？

ここ最近六本木界隈《かいわい》で起こっている通り魔事件。若い女の腹を裂いて殺すという報道。

あれは……。

オレの顔に浮かんだ表情に気づき、近藤はあわてて「ちがうっすよ」と首を振った。

「オレらなんにもしてないし。ていうか、どうしたらいいかわかんないからうろうろ後を尾けてただけで」

「でも、ナイフを持っていたな。二人とも」

「あっ、それは。まぁ、一応、買ったけど。でもやっぱり、ほら……」

近藤は言葉につまって黙《だま》り込んだ。「でも昨夜、あんたが一緒に出てきて、暗いほうに女連れてくから、先越されるんだと思ってあわてて後を追ったんだけど……」段々声が小さくなる。

「……なるほど」

オレは頷いた。

「その妙な話を聞かせた外人ってのは、どんなやつだ？」

「オレは見てないけど、マッちゃんの話だと、南米の……ブラジルのサッカー選手とかに似た感じだって。首に大きな切り傷があったって。ナイフでばっさりやられたようなすげぇ傷で、そのせいで迫力あったって。マッちゃん、あいつきっと向こうの麻薬組織とかマフィアとかだぜって言ってたけど」

「首に切り傷のあるブラジル人……」
オレは呟《つぶや》いた。

謎《なぞ》のブラジル人。

女の体に隠されたブツ。

一生遊んで暮らせるほどの。

オレはため息をついた。
なんていうか……雲をつかむような話だぜ。

☾小次郎編#5「8月4日／小次郎、弥生と再会する」

ぴるりるり、ぴるりるりる……。

オレの携帯電話が鳴っている。

一声うめいてから目を開けると、天井《てんじょう》から白熱灯の光がギラギラとオレを照らしていた。暑い。うだるような熱気と湿気に、もう一声、獣のようにうめいて、ソファから起き上がる。

壁にかかった時計を睨《にら》みつける。時刻は午前九時。

いったい誰だ。こんな朝っぱらからオレ様を叩《たた》き起こすようなやつは。

ぴるりるる、ぴるりるりる……。

携帯電話は鳴り続けている。オレはソファから立ち上がり、椅子《いす》にかけた、昨夜はいていたズボンのポケットをまさぐった。うつむいた拍子《ひょうし》に、こめかみから汗が数滴、転がるように頰《ほお》を伝い床に落ちた。ふいの夕立のような大きな粒が三滴、床にしみを作る。

「もしもし？」

『……あ、よかった。起きてたよーね』

「……寝てたよ。いったいなんだよ、法条。お土産《みやげ》が変更になったのか？」

オレは不機嫌な声を出した。電話の向こうで、内調の鬼教官、法条まりなが、猫みたいに情けない声を上げた。

『お土産はビル・ゲイツのマトリョーシカに変更よ。……なんて、そうじゃなくて、あのさ小次郎』

「なんだよ」


『弥生に……』


オレの心臓が急にわしづかみにされたように体内で飛び上がり、その後、すうっと冷えていった。動揺《どうよう》を隠そうと、思わず椅子の上に積み重ねられた衣服を意味もなく片付け、椅子の上をはたき、なぜそんなことをしたのかわからないまま仕方なくその上に座る。

『弥生に謝らなくちゃいけなくてさ』

法条は豪腕女に似合わぬ気弱な声で言った。

「謝る？　喧嘩《けんか》したのか？」

あの二人には似合わねぇな、と思いながら訊《き》くと、法条は電話の向こうで唸《うな》った。……図星《ずぼし》か。しかし珍しいな。

『ちょっと、酔ってはしゃぎすぎちゃってさ。言わなくてもいいことまで言っちゃったし、まぁ、普段はそんなことないんだけど。余計なことしたし』

「自分で言えよ」

『まだ顔合わせにくい。小次郎、一言言っといて。あ、本部長がきた。じゃね！』

「あっ、こら」

電話は一方的に切れた。いつもいつもマイペースでせわしない女だ。

しっかし……弥生に電話しろだと？

オレは携帯電話を放り投げ、汗で濡《ぬ》れた服を脱いで、まずシャワーを浴びた。男の信念に基づいて最後に髪を洗い、出てきて、丁寧《ていねい》に髪を拭《ふ》き、久しぶりに床を掃《は》いて、デスクの上の資料を片付け……といっても右のものを左に移動させただけだが、それが終わると洗濯を始めた。脱水まで終わって、シャツや下着を干して、髭《ひげ》を剃《そ》って、もう一度歯を磨き……。

さて、もうやることはなくなった。仕方なく受話器を取る。

ぴ。ぽ。ぱ。

番号を調べなくても指が覚えているのが、恐ろしい。トゥルルルル……。呼び出し音が鳴り始めると急に切ってしまいたくなった。その衝動を抑えて待ち続ける。

『はい、桂木探偵事務所です』

……聞き覚えのない若い女の声だった。「天城ってもんだけど、所長はいるかな？」

と訊くと、女は少し戸惑《とまど》って『あの、ええと、今日はくるのかな。昨日の今日だし、あー、なんて言おう』とブツブツ言い始めた。

「昨日の今日？」

オレがきつい声で訊き返すと、女はあわててしどろもどろで答えた。

『えっと、所長は昨日の夜、あの、いまニュースになってる六本木の通り魔、あれに襲われて大騒ぎだったんです。お友達と飲んだ帰りに。それで事情徴取とかあって寝てないと思うけど……でも多分、そろそろこられると思います。あ、もしもしぃ？』

オレは受話器を叩きつけ、部屋を飛び出した。


かつて通い慣れた、そして、二度とこないと思っていた都心のビジネスビル。エレベーターで三階まで上がり、事務所のガラスのドアを勢いよく開けると、長身でロングヘアの女が驚いたように振り返った。

手入れの行き届いた艶《つや》やかな髪が、ふわりと空気をはらみ、また肩の上に戻った。細い長い指が、右手はユニマットのコーヒーカップを、左手は火のついた煙草《たばこ》をつかんでいる。ただそれだけを持っているのに、いまにも折れそうに見える細い指。

バージニア・スリムのメンソールが鼻腔《びこう》をくすぐる。懐《なつ》かしい匂《にお》い。女のくせにヘビースモーカー。いくら言っても喫煙《きつえん》をやめない女。

桂木弥生は、切れ長の大きな瞳《ひとみ》を見開いてこちらを見た。驚きが少しずつ顔から消えると、目尻を少し下げ、なんともいえない弥生らしい微笑《ほほえ》みを浮かべた。

悲しげな、懐かしげな……強そうな、弱そうな……判断に困る表情だ。これにいつも振り回された。彼女自身はきっと気づいていないけれど。オレはいつも一喜一憂した。ずっと昔……一〇代の頃には。

「どうしたんだ、小次郎」

弥生はそのハスキーな、なのにしっとり水分を含んだような声でオレの名を呼んだ。オレはかすかな目眩《めまい》を感じた。この声で呼ばれるのは久しぶりだ。

「小次郎？」

「あぁ、いや……」

オレは気を取り直した。弥生は煙草を灰皿におき——まだ午前中だというのにバージニア・スリムの吸殻《すいがら》が山になっていた——空いた手でもう一杯コーヒーを注いで、それをオレに差し出した。

ミルクも砂糖も入れない。オレがブラックで飲むことを覚えてる。どんなに久しぶりであっても。

オレはうれしいような、複雑な気分だった。女ってのは男との生活を愛する生き物だ。離れた後も男の生活習慣を忘れない。食べ物の好み。どれぐらい米を炊《た》けば自分と二人で食べきるか。歯の磨き方。風呂の入り方。……嘘《うそ》のつき方。

オレは、この女と暮らしていた頃の生活など、霞《かすみ》がかかったように忘却しつつあるというのに。ただそのときのとてつもない幸福感や、迷い、とまどいなどの感情の波を覚えているに過ぎない。それは概念《がいねん》としての〝女〟であって、彼女との生活じゃない。

オレはコーヒーを一口飲んだ。苦い。頭がスッキリする。もやもやと思い出していた過去が頭の引き出しにきちんと整列して戻っていった。引き出しの閉まる音がする。オレは言った。

「ここに電話したら、なにやら事件があったって聞いてな。近くまでくるついでに寄ってみた」

「近くまでくるついで？」

弥生は見透《みす》かしたように言った。オレはあわてて「本当だ。この近くにクライアントの家がある」と言った。

「……そうか」

ガッカリしたような響き。弥生が目を伏せると沈黙《ちんもく》が流れ始めた。

彼女のほうから先に口を開いた。「たいしたことはないんだ。昨夜、久しぶりにまりなと飲んでな。まりなが上司からの呼び出しで抜けたんで、一人で帰ったんだ。その途中……」肩をすくめてみせる。煙草の灰が落ちそうなことに気づいて灰皿に手を寄せる。

「例の、通り魔、か。あれに目をつけられてな」

「大丈夫なのか？」

「ああ。ちょうど、いま扱ってる調査にかかわる六本木署の刑事がいてな。非番だが犬の散歩中だったらしくて、声を上げたら駆けつけてくれたんだ。おかげで大事にはならなかった。運がよかったよ。まぁ……犯人は取り逃がしたが」

「そうか……」

弥生はちらりとこちらを見た。何か言いかけて、やめる。それを何度か繰り返すので、オレはじれったくなって「なんだよ」と聞いた。

「小次郎……心配してくれたのか」

「あ……」

オレはコーヒーにむせそうになった。

「当たり前だ。ここに電話したら、いきなり通り魔にあったって聞いたんだ。相手が誰でも心配するさ」

「誰でも……？」

弥生は呟《つぶや》いた。オレは、しまった、と心の中でぼやいた。

この女は、表面上でつきあっている相手には冷静で自信家の所長に見えるが、実はちがう。常に自分に自信がなく、物事を悪いほうにとらえてはさらに自信をなくしていく。

特にオレの発言には過敏《かびん》に反応する。オレもまた、それがわかっているのにマズイことを言っちまう。悪循環《じゅんかん》だ。

オレが黙り込むと、弥生が気を取り直そうとするように明るい声を出した。

「しかし珍しいな。最初の用はなんだったんだ？」

「最初の用？」

「電話、くれたんだろ」

オレは頷《うなず》いた。そうだった。

「今朝、法条からの電話で叩き起こされてな。なんでも、言い過ぎたから謝っといてくれって」

「……」

弥生はキョトンとした。煙草を唇に近づけ、一口大きく吸い込んで、煙を吐く。

「なんだよ、それ」

「いや、ほんとにそう言ってきたんだ」

「確かに、昨夜、まりなと飲んでてからまれてな。ごちゃごちゃいろいろ言われたが、別に気にしてないぞ。あいつの発言はいつも威勢《いせい》がいいからな。確かに最後は、ばかとか意気地《いくじ》なしとか男の腐ったのとか言われたが……」

「……それだけ言われれば十分じゃないか？」

「腹が立ったのでグーで殴った。まりなのやつ、ちょっと鼻血出してた。おあいこだ」

オレは絶句した。すげぇ友情だぜ……。

「どっちにしろ、同じマンションに住んでるんだし、なにも小次郎に頼まなくてもな」

「忙しいんじゃないか？　海外研修を控えてるんだろ？」

弥生は頷いた。「おまえのほうはどうなんだ？」とオレに聞く。

「相変わらずだ」

短く答えると弥生はクスリと笑った。

おまえは？　と聞こうか聞くまいか迷っていると、弥生は「うちも相変わらずだ。パパが……その、パパとおまえがいるころとはちがうけれど。何とかやってる」と言い、事務所の中を見渡した。

オレもつられて、桂木探偵事務所の中をぐるりと見渡した。

さっき電話に出た女と思われる若い事務員がバタバタと書類を運んでいる。所員は調査のため出払っているようだが、デスクの数を見ると昔と同じぐらいいるようだ。書類の束の薄さからして、昔ほど複雑な事件は扱っていないらしい。

エキスパートではないが、将来性のある若い探偵を育てている途中。そんなところだろう。

弥生はコーヒーの残りをぐいっと飲んで、おかわりを注ぎいれた。湯気の立つコーヒーをみつめながら「小次郎は……」と呟いた。

「ん？」

「……いや、なんでもない」

何かを聞きかけて、やめる。

オレはなおも聞き返そうとして、弥生のうつむいた横顔に浮かんだ憂《うれ》いのようなものに気づき、口を閉じた。青白い陶器《とうき》のような肌がいっそう血の気を失ってみえる。オレは黙ってしばらく弥生の横顔をみつめていた。

二人が黙り込むと、少しずつ、事務所の中の喧騒《けんそう》が耳に飛び込んできた。電話やファクシミリの音、書類をめくったり移動させる音、足音、話し声……。

「小次郎は、いまは……」

弥生が何か言いかけた。


ぴるりるりる、ぴるりるりる……。


またオレの携帯電話が鳴り始めた。

オレは舌打ちして電話に出た。また法条だったら、お土産にビル・ゲイツのサインを強制してやる。

「もしもし」

『探偵さん？』

甘ったるい声がした。

オレは沈黙し、小声で「いま、どこにいる？」と聞いた。

『ごめんなさい、わたし……』

「説明は後だ。いまどこにいるんだ？」

『すぐ近く。探偵さんがビルに入るところを見てたから。迷ったんだけど、やっぱり、わたし怖くて』

窓の外を見ると、ビルのエントランスを彩る花壇《かだん》の横にセシルが所在なげに立っていた。オレが見ているのに気づいていない。不安そうに何度も短い髪をかきあげる。

携帯電話から小声で『あなた、まだわたしの探偵さん？』と囁《ささや》くのが聞こえてきた。

「そうかもしれん。君次第ってことにしておこう」

『助けて。わたしをあいつらに殺させないで』

あいつら？

オレは聞き返そうとして、本人に直接聞こうと思い直した。「そこにいろよ」と言って電話を切り、桂木探偵事務所を出ようとすると、弥生が、からかうような、悲しむような、不思議なトーンでオレに訊いた。

「女からか、小次郎？」

「馬鹿、そんなんじゃない。依頼人だよ」

「依頼人も助けを求めるが、女も助けを求める」

弥生は低い声で言って、それから床に目を落としたまま「なんてな」と明るく言った。

「お互い元気でやろう。じゃあな、小次郎」

こちらに背を向け、ひらひらと手を振る。うつむいたその肩が少し震えているような気がしたが、よくわからない。事務員の女がふと弥生を見て、あっ、と驚いたような気がした。

オレは事務所を出た。

エレベーターのボタンを押し、一階から上がってくるのを待つ。事務所の中から弥生に、外からセシルに引っ張られている気がした。エレベーターのドアが開き、中に乗り込む。ドアが閉まると弥生が遠ざかった気がした。もちろん……もちろん気のせいだ。

ゆっくりビルから出ると、ずぼっと音がして、なにかがオレにしがみついてきた。セシルだった。

甘ったるいセシルの匂いがした。オレの胸に届くか届かないかといったところに頭がある。小柄な女。甘い匂いの女。セシル。

「探偵さん、助けて」

オレは頷いた。頷くしかない。だが。

こいつは、いったい、どんな女なのだろうか……。

☾小次郎編#6「8月4日／小次郎、秋田犬に遭遇する」

「探偵さん、わたしのこと怒ってる?」

倉庫街にあるオレの事務所に戻る途中、セシルはオレに訊《き》いた。

「ああ。依頼人がトンズラすりゃあ、探偵は腹を立てる」

「戻ってきたわ」

「だがまだ……」

オレは言葉を切った。セシルはオレの腕に細いしなやかな腕をからませ、オレに体重をかけるようにして歩いている。ずいぶん軽い。「……だがまだ、話していないことがある。情報がなければ協力はできない」そう言うと、セシルはゆっくり腕を離した。立ち止まり、オレを見上げる。

「なんのこと?」

「君の腹の中にはなにがあるんだ?」

セシルは不思議そうな顔をした。

オレ達は人気《ひとけ》のない湾岸地区のだだっ広い道路を歩いていた。アスファルトがゆがむほどに熱されて遠くに陽炎《かげろう》が立っている。目眩《めまい》がするような暑さに、額《ひたい》から汗が流れ落ち、目に沁《し》みる。セシルは手の甲で汗を拭《ふ》いて、眩《まぶ》しげにオレを見上げた。

「わたしの腹の中？　いったいなんのこと？」

「君の周りをうろついていた二人組は、君の腹に隠された〝なにか〟が目当てで、ナイフを持って君を尾《つ》け狙っていた。腹を裂いて何かを取り出そうとしていたが、その勇気がなかったらしい。君に関する情報を流している男がいる。君の腹にはなにがあるんだ？その男とは誰だ？」

　セシルの顔からすぅっと血の気がひいた。「男？」ささやき声で訊き返す。

「外国人の男だ。おそらく君と同じブラジルからきた男。セシル……」

「何も知らないわ」

　セシルは頑固《がんこ》に首を振った。唇まで青くなっている。「わたしは何も知らない。あなたが二人組を撃退《げきたい》してくれたからもう安全だと思った。自動車事故になって救急車がきたから、警察沙《ざ》汰《た》に巻き込まれたくなくて逃げたの。日本にいる外国人にはこっちの警察は意地悪だもの。かかわりあいたくない。それで……」何か言いかけて、口を閉じ、いやいやをするように首を振る。

「でも君は戻ってきた。まだ安全じゃないと判断したからだな？　それはなぜだ」

「まだ誰かがわたしを尾け回してる。別の男達よ。部屋に戻ろうとしたらそいつらがいた。わたしの顔を見てしばらく考えてた。きっと写真とかビデオでしかわたしの顔を知らないから、本人かどうか考えてたんだわ。それから追ってきた。わたしは逃げた。そしてあなたを訪ねたの。事務所に行ったらちょうど出かけるところで……あなたを追ってあのビルまで行ったの。少し迷ったけど電話をかけることにした」

「オレを頼るつもりでか」

「そうよ。あなたはわたしの探偵さんだわ。あなたが助けてくれる」

「秘密を持ったままでか？　ずいぶん都合のいい話だな」

セシルは眉間《みけん》に皺《しわ》を寄せた。

ステップを踏むように、ゆっくり、リズミカルに歩き出す。形のいい小さな尻が、足並みにあわせて軽く揺れる。「秘密なんかないわ。あなたに秘密なんてもたない」小さく呟《つぶや》く。

「わたしが知りたいぐらいよ。お願い、助けて探偵さん……」

「……」

オレは答えなかった。

何かある気がしていた。そして、セシルには答える気がないのだということも、よくよくわかっていた。

白熱灯でギラギラ照らされた事務所に戻り、セシルをとりあえず来客用のソファ――オレのベッドも兼ねているが――に座らせた。ミネラルウォーターのペットボトルを放り投げると、セシルは素早くそれを受け取り、飲み始めた。

セシルになおも質問しようとしたとき、来客を告げるブザーが鳴った。

「依頼人か？」

独り言を言いながら立ち上がる。

ドアの外で動物の鳴き声がした。ワン！

……犬だ。

犬がブザーを？

セシルと顔を見合わせる。セシルが「あなたって動物の探偵さんだったの？」と真顔で訊き、それからクスクス笑い出した。初対面のときにやったような笑いの発作《ほっさ》だ。オレは「基本的にはな。たまには人間の話も聞いてやるが」と言いながら玄関に出た。

ドアを開けると、体重四〇キロはあるだろう見事な秋田犬がオレを見上げていた。聡明そうな大きな瞳《ひとみ》。白地に茶色模様だ。見たところ雌《めす》だった。お行儀もいい。

また鳴いた。

ワン！

犬の手綱《たづな》をたどっていくと白い繊細《せんさい》そうな指に行き当たった。犬の飼い主だ。オレより五センチばかり背の低い若い男だった。

色白で、歌舞伎か狂言の家元のぼんぼんみたいな品のいい小造りな顔をしていた。笑顔もさわやかだ。だが……どこか油断できない雰囲気がある。組織に属している人間の顔だ。極端に表情が読みにくく、民間人を微妙《びみょう》に見下している。

「刑事が何の用だ？」

と訊くと、男は一瞬、虚《きょ》を突かれたような顔をした。すぐに表情を引き締め「ここにお住まいの方ですか」と聞いてきた。

「だったらなんなんだ。税金も払ってるし、前科もない。誘拐《ゆうかい》した女をバスルームでバラバラにもしてないし、闇《やみ》医者で腿《もも》に食い込んだ銃弾を抜いてもらったわけでもない」

「それはご丁寧《ていねい》に。質問の手間が省《はぶ》けました」

いやみな言い方ではなく、おっとりした育ちのよさそうな笑顔だった。本当に育ちのいい人間ってのは余裕がある。野良犬にかみつかれたぐらいじゃあ牙《きば》をむかないもんだ。

オレは刑事と、連れている秋田犬を見比べた。血統書付のおそらく数十万円の値がつく犬だ。刑事と犬は似たものどうしに見えた。つまり、どっちもオレとは水と油ってわけだ。

刑事は手帳を出してみせ、ご丁寧にも「六本木署の中村といいます」と名乗った。

「この辺《あた》りで自分が担当している事件の重要参考人が目撃されたらしくて、住人の方に聞き込みを行っています。よろしければご協力をお願いします」

「住人って……こんなとこに住んでるやつは多くないだろう」

「働いている方は多いので。こうして昼間に」

「……なるほど」

中村刑事は一枚の写真を出してオレに見せた。

オレは沈黙した。

写りのあまりよくない、どちらかといえばぼやけた写真だった。砂埃《すなぼこり》の舞い上がる南米らしき外国の町。白い漆喰《しっくい》の建物が積み木をばらまいたように並んでいる。真ん中に少女が写っている。こちらに笑いかけている。

大きな瞳と陽に焼けた細い肩。

……間違いない。セシルだ。

オレは部屋の中に背を向けたまま、セシルの気配に神経を集中した。玄関に立っている中村刑事も、中にいる女には気づいていないようだ。うまくソファの背にでも隠れていやがるのかな……。

「この女が何か？」

「見覚えはありませんか？」

中村刑事は質問には答えず聞き返してきた。

「どうだったかな……。重要参考人なんだって？」

「ある事件にかかわる情報を知っているかもしれない。それだけです。彼女自身は危険な人間ではないと自分は考えています。彼女をご存知ですね？」

オレは迷った。あぁ、そこにいるよ、といって刑事に引き渡してしまえば、それで終わりだ。もし彼女になんの非もないなら、オレに保護を求めるよりも警察に話したほうが身の安全を図《はか》れるはずだ。非がある場合も同様だ。警察に引き渡せば、オレが、口を割らない彼女に悩まされることもない。

写真の中から彼女が笑いかけてくる。こう問いかけるように。

(どうする、探偵さん?)

……オレは言った。

「知らねぇな」

「……そうですか」

刑事は当てが外れたような顔をした。

「こんな女、一度見たら忘れられねえ。てことは見たことないってことだ。ご苦労さん、刑事さん」

中村刑事は「ご協力感謝します」と頭を下げて出て行った。珍しい刑事だ。民間人に頭を下げるとは。変わったやつだな。

ドアを閉め、部屋に向き直った。セシルの姿はなかった。また逃げたのか? と一瞬思ったが、この部屋には入り口は一つしかない。ほどなく風呂場からシャワーの音が聞こえてきた。

勝手に人の家でシャワーを浴《あ》び始めたらしい。まぁ隠れ場所としては最適だが。

オレはソファに座りこんだ。時計を見るともう夕方だった。そろそろ日が暮れていく時間だ。急に疲れを感じた。この三日間、実りのない捜査で走り回ったしな……。

オレはなにをやってるんだ……。

なにげなく、ソファにおかれたセシルの鞄《かばん》に目をやった。鮮やかなピンクや白や茶色の入り混じったストライプのバッグだ。チャックも何もついてなくて、中に入っているものがここからも見える。財布、化粧ポーチ、携帯電話、なにかの雑誌。

あ。

オレは手を伸ばして鞄の中から雑誌を取り出した。最初に彼女に会った日、六本木の書店でオレから奪い取ったグラビア雑誌だ。ブラジル版の。

ふと予感を感じてパラパラめくる。肉感的な南米美女の写真が続き、六人目、七人目……。

七人目のグラビアガールは日系人だった。細くしなやかな手足。ボリュームは少なめだがバランスのいい体つき。挑発的なポーズでこちらに不敵な目線を送っている。

パラパラ何ページかめくった。それから最初のページに戻る。モデルの名前が書かれていた。ポルトガル語の綴《つづ》りだからよくわからないが、それは、セシル、と読めた。

シャワーの音が続いている。

オレはため息をついた。

日本にやってきた日系人のグラビアガール。その腹に隠された何か。その噂《うわさ》を広めるブラジル人の男。

さっきの刑事に引き渡さなかったってことは、セシルはやはり、まだオレの依頼人ということになる。それならセシルから聞き出すしかあるまい。だが、若さに似合わず、一筋縄ではいかない女のようにオレは感じ始めていた。面倒なことを抱え込んじまったな……。弥生の言葉が耳によみがえった。(依頼人も助けを求めるが、女も助けを求める)オレは首を振った。セシルは依頼人だ。やっかいな依頼人。そいつとの勝負なんだ。なんとも思ってないさ。

疲れが澱《おり》のようにたまり、身体《からだ》の奥深くまで麻痺《まひ》させていった。オレは雑誌をおいてソファに寝転がった。助手の氷室恭子が早く帰ってこないかな、とふと思った。一人でいると面倒な事件がやってくる。女が事件しょって飛び込んでくるんだ。

オレは重くなった瞼《まぶた》を閉じた。

いつのまにか眠ってしまったらしかった。

テレビがついているのが聞こえた。夜一一時からのニュースが始まったところらしかった。ずいぶん長く眠りこんじまったな、と思いながらオレは目を開けた。

セシルが立ったままテレビを見ていた。気配に気づいて振り返る。

化粧けのないその顔は、つやつやした肌と大きな瞳のせいで、グラビア写真で見たフルメイクの顔よりも彼女を魅力的に見せている気がした。オレは一瞬その輝きにみとれた。

セシルはクスリと笑って「ずっと寝てた。疲れきったような顔で」と言った。

「悪かったな」

「写真、見たの？」

刑事が持ってきた写真のことを思い出し
「重要参考人だそうだな」出頭することを勧めるぞ。このままオレに何も話さないなら」と言うと、セシルはキョトンとして首を振った。

「ちがうわ。雑誌の写真よ。わたしがきれいにうつってるやつ」

「……ああ。あれか」

オレは頷《うなず》いた。

「ドキッとした？」

「ちょっとはな」

ゆっくり、ゆっくりセシルが近づいてきた。足を広げ、オレの膝《ひざ》に座り、オレの首に両腕を回す。唐突《とうとつ》な動きだった。顔を接近させてオレを覗《のぞ》き込む。オレはぼんやりみつめ返した。

女の目の中に計算が見えた。大の男を……自分より一〇年だかそこら長く生きている男を、懐柔《かいじゅう》しようとしている、できると思い込んでいる、傲慢《ごうまん》な光があった。若くて魅力的で、世の中をそう知らない女だけが持っている自信だ。オレは首を振ってセシルの腕をはらった。

「セシル」

「なに？」

腕を払われた途端《とたん》、セシルが見せていた自信は陶器《とうき》が砕けるようにバラバラになって床に落ちた。不安そうな落ち着かない様子になった。「君が困っていることは知っている。なにかに怯《おび》えていることも。雇われた限りなんとかしてやりたいが、君が黙っている限り協力はできない」そう言うとセシルはオレの目を見返した。

セシルを膝から降ろし、しばらく待った。うなだれたままセシルは黙っている。

「話せないなら帰ったほうがいい。オレには君を助けられない」

「ダメよ！」

ふいに顔を上げる。「ダメよ。帰ったらまた、やつらがくるわ。どんどん増えてる。わたし殺されるわ」早口で言って、そのまま膝を抱え込み顔をうずめる。

その無力な子供のような様子に、オレは少しほだされそうになった。セシルは不安を抱え、それに、オレに拒否されたことで傷ついているようにも見えた。

それともこれも演技だろうか。作戦を変えたのかい、セシル？

オレは混乱し始めた。こちらを見上げるセシルの姿は、まるで寄る辺《べ》ない怯えきった子供のようだった。その一方で、男をたらしこむことに慣れた擦《す》れた女のようにも見えた。どちらがセシルなのか急にわからなくなった。

オレはセシルの背にタオルケットをかけて「落ち着いたら寝ろ。ここにいればとりあえず安心だ」と声をかけた。セシルは顔を上げ、子供のような声で「ほんとう？」と訊いた。その顔も子供が父親を見上げるようなあどけないものだ。さっきまでの不敵な、傲慢な、抗《あらが》いがたい魅力を持った顔とはちがった。大人の女のような濃密で匂うような魅力が消え去り、代わりに、強烈に保護欲をそそる顔が現れた。たとえるなら雨の日の子犬。ダンボールの中に捨てられた子猫。オレはとまどいを深くしながら「本当だ。おやすみ、セシル。また明日話そう」と言った。

セシルを部屋に残し、鍵《かぎ》をかけて外に出た。行きつけの店で一杯やってから戻ってこようかとブラブラ歩き出す。

ふと思い出した。

夕方やってきた中村刑事。秋田犬を連れたけったいな男。

どこかで聞いた覚えがあった。犬を連れた刑事の話を。

そうだ。今日の朝だ。桂木探偵事務所で桂木弥生から聞いたのだ。通り魔に遭《あ》って、犬を散歩していた非番の刑事に助けられた、と。その刑事は弥生が担当している調査とかかわりがあるのだ、と。

そいつがセシルの写真を持っていた。重要参考人として探している。

オレはしばらく迷った。行きつけの店に行き、バーボンのロックを一杯飲み、二杯飲み、三杯めをちびちびやっているとき、ようやく腹を決めた。

明日の朝を待って弥生のところに行こう。刑事と話してもなにも聞き出せないだろうが、弥生なら別だ。互いに守秘義務は負っているが、可能な範囲で情報交換できるかもしれない。

そう決めると、しかし、落ち着かなくなった。今朝会ったばかりの弥生の顔がちらちらよぎった。

オレをまっすぐみつめる切れ長の瞳。

メンソールの煙。

小次郎、と呼ぶ声。

オレは首を振り、四杯めをお代わりした。夜が明ける前に勘定をして店を出る。

事務所に戻り、ドアを開けると、相変わらず煌々《こうこう》と白熱灯がついていた。ソファに丸くなって眠るセシルの、規則正しい子犬のような寝息が聞こえてきた。タオルケットが床に落ちそうになっているので、拾ってかけ直してやる。すべすべした褐色の足がソファの上でからみあっている。

何か聞こえた。聞き返そうとして、セシルが熟睡しているのに気づいた。きっと寝言だろう。

きびすを返してソファから遠ざかろうとしたとき、今度ははっきり寝言が聞こえた。

「あれは、亡き王女のための石。誰にも、誰にも渡さない……」

“亡き王女”を巡るゲームにわたしを巻き込んだのは、
その朝いちばんにやってきた依頼人だった。
彼は疲れ果てた若い男で、なぜかわたしを担当者に指名した。
なぜだろう?
その日、わたしの両目は朝方にみた夢のせいで
赤く腫れ上がり、しぱしぱする目元を、
依頼を聞きながら何度も指の腹で押さえなければ
いけないような状態だったのに。
なぜか彼はわたしを指名し、そうしてわたしは……
事件に巻き込まれていったのだった。

弥生編

#1

【8月1日/弥生、夢にうなされて起きる】

☾弥生編#1「8月1日／弥生、夢にうなされて起きる」

さて、その日の朝、見ていたのは……過去の夢だった。

男の人と暮らしていたころの夢だ。お恥ずかしい限りだが。

その人はいつも、わたしの右側で眠ったのだった。子供のように大口を開けて。時折足をばたつかせて。寝相の悪い、ときどき寝言を言う男。懐《なつ》かしい男。

その人とわたしは長い長いあいだ恋人どうしで、気が遠くなるほどの会話、夜、喧嘩《けんか》、そして……そんな朝をむかえた。あまりにも長く恋をしていたので、わたしはその人を自分の半身のように思い込んでしまうようになった。だからいまでも、離れている気がしない。現実にはもう長い長いあいだ、顔も見ず声も聞いていないのに。

寝ぼけていたわたしの指が、無意識に空《あ》けてあるベッドの右側に伸びた。「おはよう……」と言いかける。

はっとして目を開けた。そこには誰もいなかったのだった。

「……まいったな」

わたしはゆっくりと目を閉じ、また開けた。朝陽がサン・マンションのサンルーフからさんさんとわたしを照らしていた。

時計を見ると八時少し前だ。

「少し寝坊したか。あぁ……」

ため息をつく。さっきまでの夢の余韻《よいん》が指先に残っていて、体が現実にとまどい続けている。

夢の中で、この指を使って小次郎の前髪をかきあげた。眠っていた小次郎はいやいやをするように首を振り、布団《ふとん》にもぐりこんだ。前髪を上げられて顔を出されるのを寝ているときでさえいやがるのだ。だからこれは、先に起きた朝だけの、わたしの悪戯《いたずら》だ。

さらさらした前髪の感触《かんしょく》が幽霊のように残る指先に、少し乱暴に歯ブラシを押しつけて握らせる。シャカシャカと歯を磨きながら、洗面台の鏡をギロリと見る。

見慣れたわたしの顔が映っている。母親譲りの切れ長の瞳《ひとみ》。くっきりした鼻筋。なかなかキリッとした、いかにも敏腕《びんわん》所長って顔つきだ。

わたしは口に歯ブラシを入れたまま、目尻をごしごしこすった。涙の跡が乾いてかすかに白くなっている。

しっかりしろよ、桂木弥生。おまえはもう、パパや小次郎に頼って安心しきっていた頃のお嬢さんじゃない。二人はいなくなり、いまではおまえは桂木探偵事務所の責任者だ。

鏡に向かって人差し指を向け、もう一度自分に言い聞かせる。しっかりしろよ、弥生。敏腕所長が、昔の夢を見て泣いていたなんて、所員達に知られてなるものか……。

わたしはコーヒーを入れ、朝刊を開きながらダイニングのテーブルについた。取っている新聞は三紙。それぞれのニュース報道の微妙なニュアンスの違いを吟味《ぎんみ》し、自分なりに解釈を下しながら読み進んでいく。ここ数週間というものの、六本木で起こる連続通り魔殺人の報道が一面をほとんど埋めていた。遊びにきた女の子が腹を裂《さ》かれて殺されるという凄惨《せいさん》な事件で、犯人はまだ捕まっていない。わたしはこの事件の記事を特に丁寧《ていねい》に読んだ。

一面を読み終わり、社説に取りかかる。ふと思い出して煙草《たばこ》をくわえ、火をつける。深々と煙を吸い込みながら、また、わたしの喫煙を注意していたあの人のことを思い出す。あわてて首を振り、過去から戻ってこようとする。しばらくの格闘の後、新聞の社説欄に意識を戻すことに成功する。そうそう、その調子。事務所に着く前にすべて読み終わって、依頼人がどんなヤマをもってこようと対処しなくては。

わたしが、もともとパパが経営していた桂木探偵事務所の所長に就任したのは、もう数年前のことだ。パパがいた頃は、わたしは小次郎とともに、一捜査員として事務所につめていた。その後、一時期パパが行方不明になり、小次郎と所長代理を兼任した。実質はわたしが所長の仕事をこなし、小次郎はその才能を如何《いかん》なく発揮して捜査員としてのびのび働いていたわけだが……自分で思っていた以上に、わたしは小次郎の存在に頼りきっていたようだった。そのことに彼がいなくなってから気づいた。

戻ってきたパパを小次郎がとある犯罪で告発した。パパは獄中で死んだ。わたしはそんな小次郎を受け入れることができず……そう告げると、彼は黙ってわたしの前から姿を消した。いまは湾岸地域に自分の事務所を構え探偵業を続けている。

一人になって初めて、わたしは、自分がパパと小次郎という二本の柱に支えられた、よるべない若木のような存在だったことを知った。

毎日が不安だった。なにが、と聞かれても困る。とにかく不安でたまらなかった。そしてそれは数年経《た》ったいまも変わらない。ただ、そのことに回りは気づかない。所員達はこんなわたしをボスとして認めてくれているようだ。だからわたしも必死になる。

コーヒーを三杯、煙草を五本吸ったところで、新聞三紙を読み終わった。わたしは立ち上がりキッチンに移動した。一人用の電気釜《がま》が湯気《ゆげ》を立てている。小鍋を出して、だしをとり、冷蔵庫から出した小松菜と葱《ねぎ》、絹ごし豆腐でお味噌《みそ》汁を作った。浅漬けとお味噌汁、ごはんだけの簡単な朝食を並べ、再びテーブルにつく。

「いただきます」

誰にともなく言い、朝食を始める。

一人の食事は寂しい。何年経っても、わたしはそのことに慣れることができない。ときおり……雨の週末などは、隣室に住む古くからの悪友が訪ねてきて、わたしの料理をおおげさに誉《ほ》めながら舌鼓《したつづみ》をうってくれたりするけれど。

テレビで天気予報を見ながらゆっくり食事を終える。片付けて、デスクに散らかった持ち帰り書類をまとめ、朝刊とともに鞄《かばん》に入れる。アイロンをビシッとかけたシャツブラウスに袖《そで》を通し、ストッキングをはき、膝《ひざ》下まであるタイトスカートを身につける。

下地から丁寧にメイクをし、鞄を肩にかける。隣の悪友はこういった出かける前の準備のことを「戦闘準備完了！」などと言うが、わたしはそんな感覚ではない。これは身だしなみだ。

ドアを開けると、ちょうど隣のドアも開いて、Tシャツ一枚しか着ていない悪友、法条まりなが顔を出した。寝ぼけ眼《まなこ》で東京都推奨《すいしょう》のゴミ袋を抱《かか》えている。

「あ、おはよー弥生。相変わらず、朝からビシッとしてるわねー」

「ゴミ出しか？」

「そー。早く出さないと間に合わないから、いま起きてきたとこ。ふわーあ」

「短パンはくの忘れてるぞ」

指摘すると、まりなは自分の体を見下ろしギョッとした。「あらやだ」わたしはあきれて、まりなに手を差し出した。

「出しといてやる。午後出勤なんだろ？　もう少し寝ていろよ、まりな」

「さんきゅー弥生。じゃおやすみぃ……」

まりなは手をパタパタと振り、大あくびしながらドアを閉めた。まったく、あれで内閣調査室の教官だっていうから、あきれる。日本はこれからどうなるんだ。

わたしは鞄と人の家のゴミ袋を持って、マンションのエレベーターに乗った。

　さて、出勤だ。

「あ、所長。おはようございまーす」

「おはようございまーす」

「まーす……」

　最初の若い声は事務員の女の子だった。続けて、それぞれデスクについて書類をめくっていた所員達がちらりと目線を上げて挨拶《あいさつ》する。

「おはよう、諸君」

　自宅から持ってきた朝刊を事務員に渡す。入り口付近にあるユニマットのコーヒーを自分用に入れて片手に持ち、空《あ》いた手で郵便物をつかんで、奥の所長室に入る。コーヒーを飲みながら郵便物を開封し、より分けていると、事務員の女の子が入ってきた。

「所長」

「なんだ？」

「なんか……目、赤いですよ」

　思わずコーヒーカップを取り落としかけた。でも彼女は続けて「持ち帰りの書類片付けるので徹夜したんですか？　働きすぎて倒れないで下さいね。みんな、所長が頼りなんですから」と言って、ペコリと頭を下げ出て行った。

　ほっと息を吐く。

手鏡を出して目元を点検する。そういえば少し腫れぼったいような……しぱしぱするし……ああ、もう、まいったな。

目のことはあきらめて手鏡をしまい、煙草に火をつけた。早速片付ける案件が何本もある。わたし自身が調査に走り回ることはほとんどないが、その代わり所長としての雑務に追われている。あれと、これと、その後こっちと……今日の予定を整理していると、ノックの音がして事務員がまた顔を出した。

「所長、お客様です」

「依頼人か？　所員の誰か……手の空いてるやつに面談させて書類を作らせてくれ」

「それが……みなさん出払ってて」

わたしは煙草をもみ消して立ち上がった。

所長室を出ると、確かに、所員達はそれぞれの調査に出かけた後だった。

来客用の革張りソファに大柄な若い男性が座っていた。わたしを見ると立ち上がり「安《やす》岡《おか》です。安岡、漣《れん》」と名乗り握手を求める。

立ち上がると一九〇センチはあろうかという長身で、体つきもレスリング選手のようにガッチリしていた。急に事務所が狭くなったように感じた。でも、見上げたその顔は優しげな、穏やかな青年のものだった。襟元《えりもと》にスカーフを巻き、高価な時計をしている。

彼が座り直すとソファのスプリングがきしんだ。

「申しわけないけれど所員が出払っていまして。まずわたしがお話を伺います。そしてもっとも適任な所員に引き継ぎます。それでよろしければ」

「あなたに受け持ってほしい」

安岡漣と名乗った青年は、思いつめた様子でたたみかけるように言った。わたしはとまどって「わたしに？　なぜですか？」と聞き返した。

「わからない。勘です。あなたに受け持ってほしい」

頭の中をいま抱えている案件の数々がグルグル回りだした。無理だ。すでに弥生二号、三号、四号ぐらいまで、もしあるなら起動させたいぐらい多忙なのだ。わたしは断ろうとした。

そのとき安岡漣が、机に無造作に置かれた朝刊の一面を指差した。例の凄惨な事件の記事だ。殺された少女達の写真が並んでいる。

「ぼくの依頼はこの事件に関係しています。この六本木連続通り魔殺人に！」

……わたしは顔を上げた。

☾弥生編#2「8月1日／弥生、捜査開始する」

わたしがこの事件……六本木連続通り魔殺人に興味を持っているのには、理由がある。

半年ほど前だろうか。別の案件で出会った少女がいた。ちょっとした家庭内のトラブルに基づく素行調査だ。調査対象になった家庭の次女がその少女だった。そう多くを話したわけではない。でも、調査の結果として彼女の両親の離婚が決まったとき、少女が見せた寂しげな顔をわたしは強く記憶に残していた。

やっぱりそうなっちゃったんだ……というような、あきらめたような、あきらめきれないような顔。誰もがかつて子供の頃したことがあるような顔だった。親が自分の期待通りでなかったとき。現実が甘くはなかったとき。家庭で。学校で。

なぜかその顔が焼きついてしまった。

通り魔殺人のニュースが巷《ちまた》を騒がせ始めた頃、テレビで犠牲《ぎせい》者の写真を見てふと思い出した。二人目の犠牲者はその少女だった。殺害当時はずいぶん派手な服装だったらしいから、そちらを見たら、もしかしたら気づかなかったのかもしれない。でも、テレビの画面に現れたのは、おそらく高校の卒業アルバムの写真だった。ロングヘアをきっちり結んで生真面目《きまじめ》そうな顔でこちらを凝視《ぎょうし》している。

漠然《ばくぜん》とだが胸の痛みを覚えた。……それだけだ。でも、そのぶん新聞記事などもしっかり読み込むようになった。この事件のデータはわたしの頭に整理整頓されて収納されている。

目の前に座る大柄な青年……安岡漣は、わたしの表情を読もうとするようにこちらを凝視している。わたしは少しうめき、言葉を捜した。

「わかりました。お話を伺いましょう。しかし……。安岡さん、もしそうであれば、このような街の探偵事務所にくるのではなく、警察に話を聞いてもらうほうがよいのではありませんか」

「日本の警察にはかかわりあいたくありません」

「……日本の？」

安岡漣は言葉を切り、グローブのように大きな手をもみ合わせた。真面目そうな顔が迷うようにしかめられる。

「ぼくは日本人じゃありません。日系ブラジル人です。父の安岡義美が、五〇年前、終戦後の沈没寸前の日本を脱出し、ブラジルのパライバ地方に渡って財を成しました。ぼくはその彼の一人息子。日本にきたのは初めてです」

そう言われてみればイントネーションに少し外国訛《なま》りがある。顔がまったくの東洋系だったので気づかなかったのだ。

安岡漣は黙り込み、それから突然ポケットに手を突っ込んだ。そこから出した何かを無造作にテーブルの上に置く。コロン、と音がした。

薄い青緑色の石だった。岩山から掘り出したばかりのようにギザギザのままだ。わたしが目をパチクリしていると、安岡漣は言った。

「これはトルマリンの原石です」

「トルマリン？　これが？」

わたしは聞き返した。

トルマリンというのは宝石の一種で、ピンク、白などさまざまな色があり、ペンダントのヘッド部分や指輪などによく使われる。しかし……こんな青緑の輝きを持つトルマリンは見たことがない。

「パライバトルマリンといいます」

「パライバ……」

わたしは言葉を切った。冷たい麦茶を運んできた事務員が、わたしの横できゃあっと声を上げた。

「うそ、初めて見る！　これ幻《まぼろし》の宝石なんですよね」

安岡漣は事務員をチラリと見て頷《うなず》いた。

「そうです。ブラジルのパライバ地方でだけ採《と》れる幻のトルマリンです。鮮やかな青緑の輝きがこの宝石の価値を高めています」

事務員が麦茶を置きながら「でも」と言った。

「それ、ほとんど数がないんじゃないですか？　確かごく短いあいだだけ採掘されて終

わってしまったって」

わたしが問うように彼女を見ると「あ、すみません」と首を引っ込める。

「いいんだ。それよりどういうことだ？　終わってしまったっていうのは」

「確か一年ぐらいしか採掘できなくて、その山からも出てこなくなったって。突然変異のような宝石でほんのわずかしかないって。ヤフーのオークションとかでいま人気だって友達に教えてもらったんです」

安岡漣が頷いた。

「そうです。パライバトルマリンは一九八九年というたったの一年間、父の所有する山から採掘できたに過ぎません。その美しさと希少《きしよう》価値のために値は上がり、そのことは父にさらなる富をもたらした」

「なるほど……」

わたしは頷いた。しかしこの宝石がいったいなんの関係があるのだろう？　そんな疑問が浮かんだのに気づいたように、安岡漣は話を続けた。

「父は三ヶ月前亡くなりました。殺されたのです」

事務員がはっと息を飲んだ。それからそそくさとお盆を持ち給湯室のほうに戻っていった。これ以上聞いてはいけないと判断したのだろう。

安岡漣の顔から表情が消え始めた。

「父の殺害現場は凄惨《せいさん》を極めていました。首をつかまれ、胴体からねじり取るように骨を折られていたのです。あの死顔は忘れられません」

「犯人は？」

「父の運転手です。フランシスコという名の青年で二五歳になります。死体をみつけたときはすでに姿をくらましていました。そして……」

安岡漣は大きく息をついた。

「そして……遺品が消えました」

「遺品？」

わたしは聞き返した。

「ええ。幻のパライバトルマリンといわれる希少価値の高い宝石です。小指の先ほどもない小さな小さな石だが、世界に一つしかない、鮮やかな青をもつ宝石。それを所有するものに、おそろしい幸運とおそろしく非凡な人生をもたらすといわれる一品です。もし売るとすれば数千万円の価値がつくことでしょう」

おそろしい幸運と、おそろしく非凡な人生。

そんなものを望む人間と、望まない人間と、世の中は大きく二つに分かれる気がした。あの男の顔が思い浮かんだ。あいつは間違いなく望むだろう。

わたしは望まないタイプの人間だ。日々の平凡な流れにさえあっぷあっぷで溺《おぼ》れそうなのに。

「……つまり、その運転手のフランシスコが宝石を持って逃げたと?」

「いいえ」

安岡漣は首を振った。わたしはとまどって眉間《みけん》に皺《しわ》を寄せた。

「姿を消したのはフランシスコだけではありません。父は亡くなった友人の娘を養女に迎えて育てていました。今年で一八歳になる同じく日系人の娘です」

「彼女も消えたと?」

「ええ」

「フランシスコと一緒に逃げた……二人の逃避行ということですか」

「いいえ」

安岡漣は首を振った。

「フランシスコの足取りは途中までわかっています。金目のものをまったく持たず、着の身着のままでどこかへ逃げていく途中だったと。連れはいません。遺品の在《あ》り処《か》を知っていたのは娘のほうです。父にかわいがられていて、なんでも知っていた。父の死後、彼女の部屋から書き置きがみつかった。それにはただ一言『亡き王女のために』と書かれていた」

「亡き王女のために……?」

「ええ。その意味するところはわかりません。しかし我々遺族は、騒ぎに乗じてパライバトルマリンを奪って逃げたのは、この娘だと考えています」

「娘さんの足取りは？　わかっているのですか？」

「もちろんです」

安岡漣はわたしをみつめた。わたしは頷いて「……日本、ですね」と言った。安岡漣は頷いた。麦茶のグラスに手を伸ばしごくごく飲み干す。

その顔に疲労《ひろう》がたまっているのに気づいた。おそらく彼は日本にやってきてから何日も一人で調べまわっていたのだろう。そしてついに探偵事務所の看板をみつけて上がってきたというわけだ。しかし……。

「娘の名は山下水穂《やましたみずほ》と言います。これが写真です」

安岡漣が手帳に挟まれた写真を取り出した。

写真の背景は南米の田舎《いなか》町だった。砂埃《すなぼこり》が舞い上がり、白い漆喰《しっくい》の家々が太陽の光に輝いている。色黒でくっきりした顔立ちの子供達が走り回っている。

こちらを見て嫣然《えんぜん》と笑っているのは若い女だった。艶《つや》やかな黒髪を腰までたらし、ボディラインにぴったり吸いつくサンドレスをまとっている。大きめに縁どって赤いルージュをひいた唇。肉感的でエキゾチックな美女だった。とても一八歳には見えない。

これが山下水穂……。殺された養父の遺品である幻の宝石を奪い、日本に逃げてきた娘。

考え込んでいると、安岡漣が続けた。

「この娘の特徴は腰まで届くロングヘア。そして……胸元の大きなほくろです」

「……なんですって」

もう一度写真をみつめて、それから今朝の朝刊に目を走らせる。

昨夜遅くになってようやく六本木通り魔殺人の捜査本部が報道を解禁した事柄があった。今朝の朝刊にはどれも大きく取り上げられている。

これまで無関係に思われた被害者の共通項。

腰まで届くロングヘア、もしくはウィッグ。

そして胸元のほくろ。

わたしは立ち上がった。

安岡漣を見下ろす。彼はすがるような、怯《おび》えるような目をしてわたしを見上げていた。

「そうなんですよ……」

安岡漣が呟《つぶや》いた。

☾弥生編#3「8月2日／弥生、秋田犬に遭遇する」

朝方、猛暑に救いの手を差し伸べるように少しだけ雨が降った。寝坊癖のある人は気づかないぐらいのかすかな雨だ。サン・マンションのサンルーフに打ちつける細い雨の粒が、目覚めて最初に目に入った光景だった。

昨日は涙。今日は雨。なんだか湿《しめ》っぽい女だな、わたしは。

起き上がって長い髪をかきあげる。今日はちゃんとベッドの真ん中で寝ていたようだ。いい兆候だ。枕《まくら》もとの煙草《たばこ》を取ってくわえ、火をつける。くゆらしながら立ち上がり窓の外を見た。

雨はもう上がりかかり、東の空から日が昇りかけている。時刻は午前六時半。ずいぶん早く目が覚めたものだ。

わたしはコーヒーを入れ、飲みながら手早く書類と朝刊を鞄《かばん》につめた。今朝《けさ》は、朝刊を読みながらくつろいで、朝食を取って……といういつものパターンは休業だ。出勤前に一仕事するとしよう。

いつもよりラフな服装を心がけてワードローブを開いた。デニムのパンツ。淡いピンクのTシャツ。同じくピンク系のナチュラルメイク。ロングヘアはそのまま肩にたらすことにする。鏡を見ると、誰もが警戒心を抱かない〝近所のお姉さん〟風になった。

よし、これでいい。作戦開始だ。

六本木署の前まできて、わたしは一度立ち止まりふうっと息を吐いた。

入り口に警察官が二人、門番よろしく立ちふさがっている。後ろ暗いところがある人間はじつに入りにくいのだが……探偵業も長く続けていればいろいろとコツをつかんでくるものだ。

キョロキョロしながら「ここだよな……」と呟《つぶや》きつつ中に入る。こういった警察署は、常に運転免許証の更新にやってくる一般市民がいるから、背筋を伸ばして颯爽《さつそう》と入るより、おたおたしながら入るほうが逆に見咎《みとが》められにくい。わたしは無事に入り口を通過し、階段を上がって廊下を眺め回した。

四階の奥に目指す部屋があった。

『六本木連続通り魔殺人事件捜査本部』

ドアの前に行き中の様子をうかがう。おそらく不眠不休の捜査員達が幾人かは残っているはずだ。しばらくすると、ドアがのっそり開いて無精《ぶしよう》ひげを生やした若い男が顔を出した。

部屋の中に向かって「すぐ戻ります。一時間後」と声をかける。中から年配者のだみ声が答えた。

「また散歩か？　おまえなぁいい加減にしろよ」

「ははは。いや、ほんとすぐ戻ります」

ドアを後ろ手に閉めて廊下を歩き出そうとする。途端《とたん》にわたしと目があう。

若い刑事はぼんやりとわたしを見返した。眠たそうに半開きだった目が徐々に大きくなる。

「……なにか？」

わたしはポケットから名刺を出した。

桂木探偵事務所所長、の肩書きに、刑事はポカンとしてわたしと名刺を見比べた。なんとなく納得したような、していないような顔のまま「はぁ、それで？」と聞いた。

穏やかな、刑事には珍しく育ちのよいお坊ちゃんのような雰囲気を持った男だった。色白で小造りに整った目鼻立ち。ちょっと小首を傾《かし》げるようにこちらを見ている。わたしはこの人にしようと決めた。

「お話があって。この事件のことで」

「えっ、じゃあ……」

捜査本部のほうに視線をやるのを、わたしはかぶりを振って止めた。

「わたしの依頼人はそれをいやがっているの。だからあなた単独と話したい」

刑事はしばらく無表情でわたしを凝視《ぎょうし》していた。それから急に厳しい顔になり、頷《うなず》いた。

「……わかりました」

ここで待っていてくれと言われた公園で、わたしは冷えた缶コーヒーをすすりながら立っていた。

ベンチに座ろうにも朝の雨でまだ湿っている。時折うろうろと歩きながら、わたしはこの後の作戦について考えていた。

警察から情報を引き出したい、でも依頼人は警察にかかわりたくない。そんなときときどき使うのがこの手だった。捜査員は基本的に二人一組で行動する。捜査は作戦会議で方向を決定する。だが、捜査員達の多くは自分の手柄を立てたいと考えている。だからそのうちの一人だけに接近して情報を与えあう。相手の選び方を間違えなければうまく運ぶはずだ。

安岡漣《れん》……昨日きた依頼人は警察の介入を嫌がっている。だから……。

ワン！

突然近くで犬の鳴き声がした。くぐもったような、割と大型犬の声だ。

振り返ると、白地に茶色い模様の見事な秋田犬の成犬がこちらを見上げていた。

ワン！　ワン！

もう一回鳴いて、それからユサッと尻尾《しっぽ》を振る。

その後ろにさっきの刑事が立っていた。白いTシャツとジーンズに着替え、無精ひげもきちんと剃《そ》ってある。そして右手に犬の手綱《たづな》。左手にはビニール袋と小さなシャベル。

「お待たせしました。いきましょう」

「はっ……はぁ」

わたしはさっき年配の刑事がかけた声のことを思い出した。

（また散歩か？　おまえなぁいい加減にしろよ）

黙って刑事の横を歩き出すと、彼は困ったように「すみません、日課なもので」と言った。

「実はこの近くに実家がありましてね。こいつをずっと飼ってるんですが、毎朝散歩させないとかわいそうで。捜査の合間をぬって、朝、少しだけ連れ出してやるんです」

「はぁ……」

「申し遅れました。六本木署の中村由朗《なかむらよしろう》といいます。現在、本庁の捜査一課と合同で六本木連続通り魔殺人事件の捜査ちゅ……」

自己紹介の途中で、秋田犬がなにかみつけたらしく、ワン！　と鳴いて走り出した。中村刑事はあわてて「まて、ライカ！　走るなよ！」と言いながら犬に引っ張られて駆け足になった。

わたしも仕方なく、駆け足で中村刑事を追った。朝帰りらしき派手な服装の若者達が、不思議そうな顔をしてわたしたちを振り返った。

「……なるほど」

犬を外の電信柱につなぎ、入ったオープンカフェで、中村刑事は頷いた。

わたしたちの前にはサーモンとケッパーとレタスを挟《はさ》んだサンドイッチとアイスティーが置かれていた。朝食を食べてきていないので、わたしは黙々とサンドイッチを口に運び、ときおり、切なげな目でこちらを見上げる秋田犬のライカにサーモンを一切れあげた。ふと視線に気づいて顔を上げると、中村刑事が感心したようにわたしをみつめていた。

「いや、いいですね。黙々としっかり食べる女性は。鳥がついばむみたいにちょっとしか食べない女の人は苦手で。かといってよくしゃべりよく食べる人もこわくて」

よくしゃべりよく食べる……つまりまりなみたいな女はこわいワケか。

「食べないと体がもちませんから」

そう言ってから「刑事さんも一緒ですね」と付け加えると、中村刑事は頷いて、思い出したように自分もサンドイッチを口に運び始めた。

なんだかのんびりした雰囲気の刑事だった。育ちがよくてなんにも苦労していないのでそんな雰囲気なのだ、というようにも見えたし、意外と、自分のそんな雰囲気を把握《はあく》してしたたかに利用しているようにも見えた。単純なのか、扱いにくいのか、よくわからない人だった。

食べ終わるのを待って中村刑事は口を開いた。

「その男性のおっしゃることが偶然の一致ということももちろん考えられます。ロングヘアで胸元にほくろがあるというのは、けして特異な特徴ではない。現にそういった特徴を持った女性が幾人も殺されているのだから」

慎重な発言だった。こちらの情報から生まれた新しい展開に飛びつかない。わたしは心の中で彼の判断力にまぁまぁの点をつけた。「ええ、もちろんそうです」と頷いて次の言葉を待つ。

「しかしその女性の存在が事件にかかわっている場合。不可解なのは犯人の意図です」

「命を狙《ねら》って、ということではないんですか？」

そう訊《き》くと中村刑事は口を閉じた。視線が目の前の道路や、おとなしく待っているライカ、そしてわたしの顔をさまよう。彼はふと気持ちを切り替えるように咳払《せきばら》いをした。

「これはまだ報道されていないのですが」

「ええ」

「犯行には二つの特徴があるんです。まず凶器が毎回違うこと。被害者のみつけ方も毎回異なる。捜査本部では一部で犯人別人説も出始めています。一回一回、犯人は違う男なのだと。そうでなくてはつじつまのあわないことが多すぎる」

「犯人別人説……？」

わたしは繰り返した。いったいどういうことだろう？　まったく犯人の意図がわからない。

「それからもう一つ。殺し方の共通点です。どの犯人も被害者の腹を刺して致命傷を与え、その後ナイフでむりやり引き裂いています。上から、下に。それだけではない。腹の中をまるでなにかを探しているかのように無茶苦茶に引っかきまわしている。まだ生きている被害者の腹を」

「……」

「女性刑事が現場を見てこう言った。『まるでハンバーグの種をこねたみたい』と」

わたしは食べ終わったサンドイッチを戻しそうになった。中村刑事があわてて、犬用にもってきたビニールをわたしに渡す。すんでのところで耐えて、座りなおす。

中村刑事が申しわけなさそうに言った。

「すみません。女性にこんなことを……」

「いえ、こちらも仕事なので」

「はぁ、しかし」

ちょっとしょんぼりした中村刑事に、秋田犬のライカがワン！　と鳴いた。


中村刑事の連絡先を聞いて、なにかわかったら連絡を入れる約束をし、事務所に出勤した。所長室に常備してあるスーツに着替え、メイクも眉頭《まゆがしら》をしっかりとってルージュを強めにひいたオフィス用に変え、鞄から朝刊を出す。

六本木の事件について新しい情報は載っていないようだ。やはり捜査員に接近して正解だった。この後もどれぐらい中村刑事から聞き出せるかはわからないが……。

コーヒーを二杯、煙草を四本吸ったところで事務員が顔を出し、安岡漣の来訪を告げた。

わたしは所長室を出て安岡漣を応接室に通した。一見して、昨日よりもさらに彼はやつれて見えた。心労なのだろうが、それにしても……あまり睡眠も取っていないのではないだろうか。

「なにか進展はありましたか?」

開口一番、安岡漣は訊いた。

わたしは刑事から聞いた話をしようとして、思い直した。逆に聞き返す。

「安岡さん、わたしに話していないことがありますね」

刑事が言った〝犯人はなぜ腹を引き裂くのか?〟という疑問が頭によみがえったのだ。山下水穂はただ命を狙われているのではない。だとすればこの件には彼が明かしていない何かがある。そのはずだ。

安岡漣の顔がすうっと青ざめた。

「安岡さん。わたしに情報を与えなければ調査は進みません。だから……」

「水穂は父の愛人でした」

安岡漣は突然言った。

「は？」

わたしは思わず聞き返した。キョトンとした我ながら間の抜けた顔になって、みつめあう。安岡漣は眉間《みけん》に深く深く皺《しわ》を寄せ、迷うように視線を泳がせた。

「愛人……。あなたはたしか、養女だと……」

「嘘《うそ》は言っていない」

安岡漣は重い口を開いた。さっきよりさらに疲労の度を深めたように見えた。

「父が水穂を引き取ったのは一二年ほど前です。そのとき水穂はまだ幼女で、実の父親を亡くしたばかりだった。父は初め亡き友の娘をかわいがっていた。それがいつから愛情の性質を変えたのか……ぼくにはわかりません。ただ水穂が一〇歳になる前からだったのは確かだ。水穂は父から逃れるためにありとあらゆる手段を試みた。最初は泣いていた。だが父は社会的影響力をもつ富豪で、家庭内では暴君だった。家族も、使用人も、誰も水穂を助けなかった」

「ひどい……」

つい言葉が絞り出た。安岡漣はキッとわたしを睨《にら》み据《す》えた。その怒りの原因がわからなくてわたしはとまどった。

「ちがう。あの女は悪魔だった」

「悪魔？」

「水穂は幾度か家出を繰り返し、行政に保護を求めた。保護司がなんとかしようと骨を折ったが、父の影響力は大きく行政も手を出せなかった。水穂は悟った。子供の力では父から逃れられないと。そして作戦を変えた。それは鮮やかな手並みだった」

安岡漣は興奮し始め、自分の腿《もも》に何度も拳《こぶし》を打ち付けた。

「水穂は父を支配することにした。もともより父はあの少女に溺《おぼ》れていた。実力を出し始めた水穂に父は逆らえなくなり、彼女の言いなりになった。ついには遺産をすべて水穂に残すと言い出した。我々親族は団結して阻止《そし》した。水穂は父の妻ではない。養女だ。彼女の前に長男のぼくがいて、さらに父の兄弟もいる。一族の結束に血のつながらない女など相容《あいい》れない」

……ずいぶん勝手な話だと思った。一人苦しんでいるときには誰も助けの手を差し伸べず、幸運がやってくれば団結して阻止する。つま弾《はじ》きにされた娘の怒りの悲鳴が聞こえるようだった。彼女の心を思うとわたしは身震いを覚えた。写真でしか知らないその顔……挑むような、誘うようなあの存在感を思い出す。山下水穂……わたしはいつのまにか彼女にシンパシーのようなものを感じ始めていた。

「我々の反対にあうと、父は遺産の代わりに水穂に残すものを思いついた」

安岡漣は低い声で続けた。目がらんらんと光り、拳は腿を打ち続けている。

「……パライバトルマリンですね？」

安岡漣は頷いた。

しばらく声を殺して何ごとかうめいている。ようやくそれが人にも聞き取れる声になると、安岡漣は唸《うな》りながら続けた。

「父が死ぬと……水穂は消えた。ようやく父の手から逃れたのだ。もちろん自由にしてやりたい。だが水穂は欲を出した。宝石を持って消えた」

わたしはふといやな予感を感じて眉を寄せた。腹を切り裂かれた少女達の死体。何かを探すように内臓を引っかき回す犯人。消えたパライバトルマリン。

「水穂のお腹にはなにが？」

安岡漣は息を飲んだ。わたしとみつめあい、あきらめたように目を伏せると、呟く。

「水穂の体内に宝石があると」

「誰が言ったのですか？」

「わからない。いつからか我々親族の間を流れ始めた噂《うわさ》だ。父は生前、水穂に宝石を残すために……我々親族の手から逃れられるよう愛する水穂の体に宝石を埋めたらしいと」

「それは事実なんですか？」

「確かめるすべはない。だが……」

安岡漣は怯《おび》えたような顔でわたしを見た。絞り出すような声で言う。

「ただ一つわかっているのは……通り魔殺人の犯人はそのことを知っている。そして、水穂の体内からパライバトルマリンをみつけようとして次々に女達を殺し、腹を裂いているんだ」

☾弥生編#4「8月3日／弥生、まりなをグーで殴る」

安岡漣を送って所長室に戻ろうとすると、事務所の電話が鳴り始めた。所員達は出払っていて誰もいない。安岡漣が飲んだ麦茶のグラスをお盆に乗せた事務員が、両手がふさがっているのでどうしようかとオタオタし始めた。

「ああ、いいよ。わたしが出る」

片手で制して近くのデスクから受話器を取る。「こちら桂木探偵事務所」と低い声で出ると、受話器の向こうから聞きなれた声が聞こえてきた。

『そちらに、美人で豪腕《ごうわん》なのに、さいきん男日照りが続いてる薄幸《はっこう》の所長さんいる？』

わたしはため息をついた。

「そのスケベオヤジみたいな言い方やめろよ、まりな。ほかの所員が出たらどうするんだ」

『声でわかるって、弥生。ね、今夜ひま？』

わたしは頭の中で書類の束を計算し始めた。

「今夜は無理だな」

『じゃ、明日は？』

「ああ、明日ならな。……なんだよ、恋の相談でもあるのか？」

ないことがわかっていながら言うと、まりなはガッハッハと笑った。おおかた自分のデスクについたままそっくり返って笑ったのだろう。電話の向こうから部下らしき女の子の『法条先輩、パンツ見えてますよ』という声が聞こえてきた。

「おまえのパンツなんて誰も見たくないぞ、まりな」

『なによぅ、見えてないくせに。……いいから杏子《きょうこ》、あっち行きな』

電話の向こうでしばらく押し問答が続いてから、まりながまた『もしもし、弥生？』と言った。

『恋の相談はネタがないけど、ちょっと、弥生と飲もうかと思ってさ。わたし来週から研修でアメリカ行っちゃうし』

「アメリカ？」

『また……現場に復帰することになったんだ。それで二ヶ月の研修を受けるの。だから、ね』

「そうか……」

わたしはホッとしながら言った。「よかったじゃないか、まりな」少しずつ安堵《あんど》が広がっていく。

法条まりなはかつて、任務達成率99・99999……%という驚異的数値をもつ内閣調査室のスーパーエージェントだった。それだけにさまざまな特殊任務が彼女に与えられた。精神的にショックを受ける結果になった任務もあり、そばにいたわたしは彼女の神経が磨耗《まもう》していくのを感じていた。ここ数年、現役を離れ、教官として後輩達を育てるうち、彼女は回復し始めているようだった。それならそろそろ、本来の彼女に戻っていいだろう。

　まりなはわたしの声に『うん。長くかかったけど……わたしはわたしに戻るわ』と答えた。妙にしんみりした声だ。わたしまでつられてしんみりしていると、まりなは一転して明るい声で『で、どこにする？』と言った。

「そうだな……」

　わたしはちょっと考えた。

「六本木はどうだ？」

『六本木ぃ!?』

　まりなの声が鼓膜《こまく》に響いた。『珍しいねー、弥生が六本木？　へぇー。まーいいわよ。じゃ明日ね』大声で言うだけ言ってガチャンと切れる。

　わたしはため息をついて受話器を置いた。まりなはいつも声がでかい。電話で十分も話すと耳がジンジンする。そのたびにわたしは、彼女の雑草のような生命力を垣間《かいま》見た気がして気が遠くなる。そのぶん任務に思い切り飛び込んでいくからダメージが大きいのだろうが……。

　ふと視線を感じて振り返ると、事務員がお盆を持ってこちらを見ていた。

「所長……」

「なんだ?」

「あの……明日はデートですか?」

わたしは苦笑いした。「そうならいいんだけどな。オッサン女と食事だよ。古い友達の」と言うと事務員は不思議そうな顔をした。

翌日。

日暮れまでに仕事をなんとか終わらせて、約束した時間に六本木交差点でタクシーを降りた。まりなはまだきていないようだ。煙草《たばこ》に火をつけてくゆらしながら行き交う人々を見渡した。

派手な服装の女の子達が数人ずつグループになってどこかに向かっていく。それに声をかける黒服の青年達。肌の浅黒い外国人も目立つ。ネオンも、ファッションも、すべてギラギラした原色の街。この街で起こっている事件のことを考える。自然とため息が出た。

「よっ、弥生」

肩をトントン叩《たた》かれた。振り返るとまりなが胸を張って立っていた。

花柄のタンクトップを突き破りそうな張りのあるバストライン。きゅっと引き締まったウエストの下に、長くて見事なラインの脚が伸びている。ミニスカートにハイヒール。意志の強そうな瞳の輝きは昔から変わらない。生まれつき赤茶けた髪のほうは昔より若干短めで、そのせいか実際の年齢より若く、アクティブに見える。

「……バケモノみたいに変わらないな、おまえは」

まりなは怪訝《けげん》な顔をした。

「なによそれ」

「いや、学生時代のことを思い出してたんだ。昔といまと並べてもあんまり変わらないだろうな。まりなは昔からそんな感じだ」

「弥生は落ち着いたよね。なんだか迫力が増したわよ。ここに立ってる姿も、この辺《あた》りの女ボスみたいだったわよ」

そう笑ってから、まりなは「ここ、ここ。この店」と外階段を上がって入る店を指差した。「ちょっと待て。煙草が残ってる」と言うとまりなは顔をしかめた。

「店に入ってから新しいの吸えばいいじゃない」

「それはそれ。これはこれ。吸い終わってからだ」

「まったくもぅ、このニコチン中毒！」

と言いながらも、まりなはおとなしくわたしが煙草を吸い終わるのを待った。それから店につながる外階段を上がり始める。

店のドアを開ける前、わたしはふと、眼下に広がるこの街を見下ろした。

ここで事件は起こっている。わたしの知る少女は殺され、引き裂かれた腹をミートボールにされ……山下水穂を狙《ねら》う男がいる。

わたしは頭を振ってその考えを追い出した。いまはプライベートな時間だ。まりなの後をついて店に入る。薄暗い照明とゆるやかなジャズの音色《ねいろ》がわたしを柔らかく包み始めた。

「どうしてカップルは焼肉を食べるのかしら?」

ギラギラしたこの街には珍しい静かなジャズバーのカウンターで、まりながふと言った。……先日、職場の同僚達と焼肉屋に行ったら、周りはカップルばかりだったらしい。

「牛肉に含まれるアルギニンという物質は、精子を作る材料になる。だからだ」

そう言うとまりなは目をパチクリしてこちらを見た。その目が少しトロンとして、酔いが回り始めているのがわかる。……こいつ、酒癖《さけぐせ》のほうはどうだったかな。

「弥生、すっごーい。雑学博士。役に立たない知識だけど、ちょっと尊敬」

「悪かったな、役に立たなくて」

「つまみに胡麻《ごま》サラダ頼むわよ。あ、ねぇ……精子といえば、小次郎元気?」

わたしはウイスキーの水割りを盛大にブーッと噴き出した。咳《せ》き込むわたしに気づいたバーテンが、あわててお絞りをもってくる。「失礼……」顔を拭《ふ》いて、テーブルも拭いて、気を取り直してまりなに向き直る。

「そんな失礼な思い出し方をするなよ。小次郎、くさるぞ」

「会ってないいんだ?」

「……」

わたしは吐息《といき》をついた。自分でも意外なほど長い息になった。それが答えになったらしく、まりなは小声でふーんと呟《つぶや》いた。

「小次郎の助手やってる、氷室恭子《ひむろきょうこ》のことなんて気にすることないと思うわよ。小次郎は氷室が離れればすぐ彼女を忘れると思う。だけど弥生、あんたのことは……あの男は死ぬまで忘れない。それはあんたも同じ……ちがう？」

「ほかの、女性の、ことじゃないんだ……」

わたしは小声で言った。

つい先日夢にみたと思ったら、友人の口から名前を聞くはめになって……わたしは妙な気分になった。その本人とはまるきり会っていないというのに、どういうことだろう。

ジャズの音色が急に大きくなったように聞こえた。

わたしは……。

わたしは、自分の人生のほとんどを占めるほど大きな存在であるあの男のことを、誰にも明確に言語化したことがない。このもっとも古い親友、法条まりなにさえ。

大切なことは、語ろうとすればするほど、言葉にすればするほど、本当の思いから離れて空回りする気がする。心から離れていく気がする。だからわたしは、わたしの小次郎への思いを語ることができない。大きすぎて。流れた時間が長すぎて。

わたしと小次郎のあいだに横たわっているのは、パパの告発を巡る恐ろしい大きな傷。

そしてわたしたちのあいだを流れた長すぎる時間だ。

出会ったときわたしたちは互いにまだ高校生だった。そしていまは三〇代に差しかかっている。長い長い時間。互いを思い続けた時間。

パパを……たった一人の肉親を葬《ほうむ》った小次郎を憎む気持ち。なのに体の芯《しん》まで染み付いている、ともにすごした時間の記憶。そのことを思うと引き裂かれそうになる。どうしたらいいかわからなくなる。

次々に現れるほかの女性のことじゃない。二人のあいだにはなにか超えられない壁がある。あの事件の後できた大きな壁が。

切れ切れにそんなことを言うと、まりなは呂律《ろれつ》の回らない声で言った。

「弥生の意気地《いくじ》なしぃぃ～」

「……ん？」

まりなの口から胡麻サラダの胡麻が威勢《いせい》よく飛んだ。

「苦しめばいいじゃない。小次郎のそばで。許せない、悲しい、憎い、って思いながら一緒にいればいいじゃない。お互いに歩み寄れるようになるかもしれない。憎しみが強まるだけかもしれない。それでも二度と会えないよりはずっといい……」

「まりな。わたしには無理だ」

「そうよ、無理よ」

まりなはドン、とカウンターを叩いた。隣に座っていた客のグラスまで揺れて氷が音

ドぉドぉ

を立てた。あわてて「静かにしろよ」と言うと、まりなは余計ドンドンとカウンターを叩き始めた。

「弥生はばかよ。遠くから、大切なものがまだあるのを確かめて、安心して、でも近づけなくて、怯《おび》えた目でただ凝視《ぎょうし》してる……すごい意気地なしよ。飛び込めばいいのに。ぶつければいいのに。小次郎だって……ほかの女ならともかく、弥生のことなら受け止めるかもしれない……。わかんないけど。二人とも臆病《おくびょう》なのよ」

「まりな……」

わたしは手を振って「この話はもうやめよう。聞きたくない」と囁《ささや》いた。まりなははっとしてわたしの顔を見た。それから「ごめん、弥生。言い過ぎた」と言い、うつむいてしまった。

水割りを口に運ぶ。自分の指がかすかに震《ふる》えているのがわかった。

まりなの言うことが間違っていると、酔っ払いのたわごとだと、言い切れればまだ救いがあった。でも……。

煙草に火をつける。

でも……。

ああもう、考えたくない。

あまりにも長いあいだまりながうつむいているので、わたしは「まりなおじさん、どうしました?」と言いながら彼女の顔を覗《のぞ》き込んだ。

まりなは舟をこいでいた。かすかな寝息も聞こえる。言うだけ言って爆睡か……。わたしはため息をついて水割りをお代わりした。

油断しきったそのとき、まりながいきなり顔を上げた。完全に目が据《す》わっている。

「みなさーん、この人は男の腐《くさ》ったような、意気地のない人でーす。この人に、みんなでエールを……」

ボコッ。

気づいたらまりなの顔にグーでパンチを入れていた。まりながビックリしたように目をパチクリしている。

そのまりなの鼻の穴から、すーっと赤い血が一滴、落ちてきた。

バーテンがまた、お絞りを持ってきた。


「弥生ぃ……わたしすごい酔ってるみたい」

「そーみたいだな。ほら、タクシー乗れ」

「本部長から呼び出しが……。内調に戻らなきゃ」

「はいはい。本部長に会う前に、その鼻の穴のティッシュ、抜けよ」

「うー。弥生が殴ったー」

わたしは「はいはい」と言いながらまりなをタクシーに押し込んだ。運転手が「吐かないだろうねぇ」といやそうな顔をするので「大丈夫。吐いても飲み込むから」と言いきってドアを閉めようとする。

まりながそれを止めて「弥生」と言った。こちらを見上げる目に切実な光があったので、わたしも真面目な顔になった。

「もしほんとにあいつとダメなら……新しい人をみつけたほうがいいわ。そうやって……一人で足踏ん張って立ってる弥生、見てられない。見たくない。わたしは幸せな弥生が見たいの」

「……」

わたしは微笑《びしよう》した。

「ありがとう、まりな……」

ドアが閉まる。

タクシーを見送る。煙草に火をつけてくゆらしながら、次々と通り過ぎていく車の、揺れるテールランプを見ていた。そこから動く気になれなくて。

ときどき……。

ときどき、こんなふうになる。なにもかも投げ出したくなる。

三十年近く生きてきて、抱え込んださまざまなこと。仕事、責任、傷、欲。ときどき、ほんとにときどきだけど、投げ出したくなる。

それは哀《かな》しみに似た感情だ。膝《ひざ》を抱えてただうずくまっていればやがて通り過ぎていく。わたしは大人だ。そういった感情のやり過ごし方も知ってる。

そうやって生きてきた。

まりなのようにいっそ問題の核心に突っ込んでいくことは、わたしにはできない。彼女とわたしは、ちがう生き方をするちがう女だ。


タクシーを拾おうとして、酔い覚ましに少し散歩することを思いついた。横道に入ってゆっくり歩き出す。くわえ煙草でしばらく歩いていると、ふとどこかで犬の鳴き声が聞こえた気がした。

中村刑事を思い出した。秋田犬をつれた変わった刑事。

そこから事件のことを思い出す。腹を裂かれた少女達。宝石を捜してその内臓をこねくり回す血まみれの犯人。イメージの中でそれは残虐《ざんぎゃく》な大男となってこちらに迫ってきた。

角を曲がり、人気のない道にきたとき……ふと気配を感じた。

振り返ろうとしたとき、陰から近づいていた人物がわたしに覆《おお》い被《かぶ》さろうとした。何かが光る。

まさか……！

これが例の通り魔？

わたしの唇からポロリと煙草が落ちた。一瞬後に、自分の口から驚くほど大きな悲鳴が搾《しぼ》り出された。

☾弥生編#5「8月4日／弥生、小次郎に再会する」

目の前に温《あたた》かいお茶が出された。

顔を上げると中村刑事の端正《たんせい》な顔がこちらを覗《のぞ》きこんでいた。「あったかいもののほうがいいかと思って」小声で言われ、改めて、自分の肘《ひじ》から指先にかけてが小刻みに震《ふる》えているのに気づいた。

冷房のかかった六本木署の応接室。ブースで仕切られた向こうから、夜勤の刑事達の立てる物音がひっきりなしに聞こえてくる。電話。怒鳴り声。引き出しを開け閉めする乱暴な音。次々出入りする署員のバタバタした足音。

自分の事務所を思い出す雰囲気だった。でもこっちのほうが百倍は殺伐《さつばつ》としている。横に立つ中村刑事が育ちのよさそうな穏《おだや》かな微笑《びしょう》を浮かべてこちらを見ている。それが妙にわたしをホッとさせた。一口、お茶を口に含む。温かな液体が口の中から喉《のど》へ、そして胃の中へじんわりと流れていった。大きく息をつく。

今夜……酔っ払いのまりなをタクシーに押し込んで、人気《ひとけ》のない道をブラブラ散歩していたとき。突然背後から、きらりと光る……おそらくナイフを持った暴漢が襲いかかってきた。連続通り魔の犯人だったのだろう。わたしは硬直した。パパから習っていた女性用護身術なども知ってはいたが、とてもとっさにできるものではない。わたしは声にならない悲鳴を上げた。心の中では……情けないが、なぜか、小次郎！　と叫んでいた。ばかみたいな話だが、どんなに離れていても、互いの消息を知らなくても、彼ならわたしの危機に気づいて助けにきてくれる……そんな気がとっさにしてしまったのだ。ほんとにばかみたいな話。ばかなわたし。現実はご都合主義のメロドラマじゃない。知っていたはずなのに。

　わたしの口から悲鳴が流れ出た。自分でも驚くほどの声。体は動かない。そのとき……「行け、ライカ！」という声が聞こえた気がした。続いて犬の鳴き声が近づいてきた。ワン！　ワン！　ワンワン！　見覚えのある秋田犬が地面を蹴《け》り、わたしの背後にいた暴漢に飛びかかった。短い悲鳴が聞こえた気がするが……。角を曲がって、秋田犬をけしかけた本人、中村刑事が顔を出したときには暴漢の姿は消えていた。

　わたしは中村刑事に手を引かれて――情けないことに半分腰が抜けたような状態だったのだ――六本木署に連れてこられた。パトカーが数台、現場に急行したが、なにもみつからなかったようだった。わたしも暴漢の姿を見ていない。まったく、役に立たない被害者だ。

　……ワン！

　震える手でお茶を飲み干しているわたしの横で、秋田犬のライカが一声鳴いた。わたしと中村刑事とともにここまで上がってきたのだ。お行儀よく座って小首を傾《かし》げている。わたしが「ライカ、ありがとな」と声をかけると、大きな尻尾《しっぽ》をユサユサ振って応《こた》えた。

中村刑事とその上司らしい年配の刑事がやってきて、調書を取られた。中村刑事とはたまたま知り合いなのだということにした。友人と飲んだ帰りに被害に遭《あ》ったことを聞き、年配の刑事は「お嬢さん、人気のない道をそんな夜半に歩くなんて。無用心すぎる」と怒り出した。もっともなのでわたしも頭を下げた。声からして、最初に中村刑事に会ったとき部屋の中から「また散歩か」と声をかけた人のようだった。

年配の刑事はわたしの話を聞き終わると、中村刑事に向き直り「おまえもまた、帰って仮眠を取れと言っているのに犬の散歩なんかしやがって。いまに倒れるぞ」と小言を言い始めた。「いや、まぁ、その……」中村刑事はまいったなと頭をかき、すみませんと頭を下げた。どうやら、愛犬のことが気になって、仮眠を取る時間に散歩に連れ出していたらしい。

「女房子供のためならいざ知らず、犬のために無理するなんざぁ、聞いたことがねぇ」

「はぁ、女房も子供もまだいないんで、無理する相手が犬ぐらいしか……」

「だからってこんな時期までかわいがるな。俺等もここ一ヶ月、家族の寝顔しか見てねぇんだ」

ポンポン言葉が行き交う。それを聞いているうちにおかしくなってきて、気持ちがリラックスしてきた。年配の刑事が立ち上がって出て行った後、わたしはふと思い出して「……あ」と呟《つぶや》いた。

中村刑事が振り返る。わたしは自信なさげに「そういえば」と言った。

「ライカが噛《か》みついたとき、犯人が叫んだんだけど……その声が、高かった」

耳にその悲鳴がよみがえってきた。高いか細い声。「女の子みたいな声だった。若い女の子……」そう呟くと中村刑事が急に厳しい顔をした。

「女の子、ですか……」

「多分」

「女が女の腹を裂く……？」

中村刑事は手帳にペンを走らせ、立ち上がった。

そのとき、制服に身を包んだ若い婦警がお茶のお代わりを持ってきてくれた。中村刑事はまた座りなおし、わたしにお茶を飲むよう言った。それからうーんと唸《うな》り「女か……それにしても、どうして弥生さんが狙《ねら》われたのか。ロングヘアはともかく、胸元のほくろは……」わたしもはっと気づいた。わたしにはそんなほくろはない。ではなぜ……？

突然こわくなった。もしかしていま調査している件とかかわりがあるのだろうか。知らずに危険なことに首を突っ込んでいたのか……。

「……あのぅ」

お盆を抱きしめた若い婦警が、わたしのほうをチラチラ見て、ものすごく言いにくそうに口を開いた。

「あのぅ、こちらの女性、あの……」

「なんだい？」

中村刑事の問いに、婦警はおそるおそるわたしの胸元を指差した。「なにかついてます。胸元に。ここから見るとほくろみたいに見える……」わたしと中村刑事は同時に胸元に目をやった。

わたしは絶句した。

「これは……」


……胡麻《ごま》だった。胡麻サラダの。


まりなが口から盛大に飛ばしていた黒胡麻爆弾だった。その一つがわたしの胸元についたらしい。

暗闇でこんな小さなものが見えたのだろうか。それとも明るい場所……たとえばタクシーの辺りから尾《つ》けてきていた……？

それにしても……。

まりな……あんたって人は。

わたしは思わずうめいた。

「あ、あいつとは絶交だ。殺されかけたんだぞ、しかもあいつの食べカスが原因で。あ、あいつ……！」

婦警が敬礼してブースを出て行った。わたしは笑い出した。それはクックックッという発作《ほっさ》のような笑いになり、息が苦しくなっても止まらなかった。中村刑事がわたしの横に座り、肩にそっと手を置いた。わたしはその手をつかんだ。暖かい。涙がぽろぽろ出た。「落ち着いて。息を吸って、ゆっくり吐いて」発作がおさまると嗚咽《おえつ》が出た。「こわかった……」呟くとまたどっと涙が出た。

「持てる？　お茶を飲んで。ゆっくり飲み下して。息を吸って……」

中村刑事の落ち着いた声が聞こえてきた。わたしは震える手を支えられながら、熱いお茶を飲み下した。手が小刻みに震えている。怯《おび》えている自分をまるで子供のようだと思った。部屋に誰もいなくて助かった。さっきの年配の刑事も、婦警も。中村刑事は静かにわたしをみつめていた。のっそりとライカが近づいてきてわたしの腕をペロリとなめた。

「犯人はあなたが誰か知っていて狙ったんじゃない。だから大丈夫だ。あの辺《あた》りに夜近づかなければいい。今夜はぼくが送っていく。ゆっくり寝てください」

静かな声だった、わたしは頷いた。つないだ手が暖かかった。わたしはふと、人の手に触れたのはとても久しぶりだと気づいた。

翌朝。

事務所に「少し遅れる」と連絡を入れて、久しぶりに重役出勤した。食事を作る気になれなかったので、サンドイッチ屋に寄ってターキーサンドを買い、事務所のドアを開けた。事務員が走り寄ってきて「大丈夫ですか、所長!」と大声を出した。

「ん、なにが?」

「なにがって、昨日の夜、通り魔に襲われたって……警察の人から連絡がありました」

わたしは唸《うな》った。そうか、こっちに連絡がきたか……。

「それで、ついさっき所長のお知りあいから電話があって。わたし、話しちゃいましたけど……」

まずかったですか? と聞くように事務員は小首を傾げた。

「知り合い?」

「ええと、天田さん? いや、天野さん? うーんと……」

いやな予感がして「天城《あまぎ》だったらいやだなぁ」と言うと事務員はポンと手を叩いた。

「そう、それです。天城さんっていう男の人!」

「………ガッテム」

「えっ?」

「いや、なんでもない。ご苦労さん、心配かけて悪かったな」

事務員がぴょこんと頭を下げて戻っていくと、わたしは煙草《たばこ》をくわえた。火をつけてから、ユニマットのコーヒーを入れてすすり始めた。朝食用のサンドイッチは置きっぱなしにして、煙草とコーヒーを交互に口にしながらぼんやりとする。

小次郎、か。

あの男、心配してる、昔の女のことなんて関係ないか……。

それとも、もう、わたしは小次郎のことがよくわからなくなっていた。そばにいた頃のようにいまではもう、行動が読めることはない。小次郎はもうそんなこと忘れて仕事しているのか。それとも駆けつけてくるのか。……いや待てよ。だいたい、あいつはなんで電話をかけてきたんだ？　何ヶ月も会ってさえいないのに。もともとなんの用だったんだ？

そんなことを考えていると、バーンとすごい音がして事務所のドアが開いた。

男が立っていた。前髪が長い。痩《や》せ型だが肩幅が広く、精悍《せいかん》さと適当さが入り混じった独特の存在感がある。一見平凡に見えて、実は誰にも似ていない男。年のころは二〇代後半といったところだ。

彼……天城小次郎はわたしをみつけて、一瞬黙《だま》り、それからニッと笑った。

「……どうしたんだ、小次郎」

思わず言うと、なぜか小次郎は目を見開き、わたしの顔をじいっとみつめた。なんだろう。なにかついてるのか？　久しぶりに会ったらフケていたのか？　なんなんだ？

「小次郎？」

「あぁ、いや……」

わたしは煙草を灰皿におき、新しいカップにコーヒーを注いで小次郎に手渡した。その後、会わないあいだにブラック党からミルクたっぷり党に変わっていないかなとふと思い、観察した。男はそばにいる女の生活習慣に染まる癖がある。缶ビールをグラスにうつすようになったり、急に甘党になったり。そんなことで浮気がバレたりするという不可思議な生き物だ。

小次郎は躊躇《ちゅうちょ》せずそのままブラックで飲み始めた。

……なぜかホッとした。

そんな自分に気づいて、ばかだな、と首を振る。この男はもうわたしの男じゃないのに。

「ここに電話したらなにやら事件があったって聞いてな。近くまでくるついでに寄ってみた」

そういう割にはいやにあわくって飛び込んできたな……。わたしが微笑すると、小次郎はあわてたように「本当だ。この近くにクライアントの家がある」と言った。

本当のようにも聞こえたし、いま考えた作り話のようにも聞こえた。わたしはほんの少しがっかりして「……そうか」と答えた。

沈黙が流れ始めた。

わたしは肩をすくめて「たいしたことはないんだ」と言った。簡単に昨夜のことを説明して、怪我《けが》もしていないし大事にはならなかったことを告げる。小次郎は「そうか……」

とだけ言った。

チラリと顔を見るとホッとしたように表情を緩《ゆる》めていた。妙にそれがうれしかった。

小次郎はわたしを心配してくれているのだ。まだわたしを忘れていないのだ。

そんな自分の反応にとまどっているもう一人のわたしもいた。この男はわたしの〝過去〟だ。夢にみたり、古くからの友人の口から名前を聞いたりすれば動揺するけれど……。

昨夜、思わずこの男に助けを求めそうになったときのことを思い出した。あの突然湧《わ》き上がった熱烈《ねつれつ》な思いを。わたしはとまどった。

ふと口をついて出た。

「小次郎……心配してくれたのか」

小次郎はなぜかむせてコーヒーを噴《ふ》き出しそうになり「あ、当たり前だ」と言った。

「相手が誰でも心配するさ」

「誰でも……？」

ふくらみかけていた気持ちがふっとしぼんだ。

知った顔が事件に遭《あ》えば確かに心配はする。小次郎にとってわたしはそんな知った顔の一人でしかないのだろうか。気持ちが急に落ちこんでくる。黙り込んだわたしに、小次郎は困ったように咳《せき》払いする。

沈黙する二人のあいだに、わたしの落胆と小次郎の困惑が並んで横たわっている。しばらくして、わたしは気を取り直して聞いた。

「しかし珍しいな。最初の用はなんだったんだ?」

小次郎はふと思い出したように「今朝法条からの電話で叩き起こされてな。なんでも、言い過ぎたから謝っといてくれって」わたしはキョトンとした。

小次郎の話では、今朝まりなから電話があって、昨夜飲み過ぎて失礼なことを言ってしまい、わたしに謝りたいと伝言したらしい。確かに昨夜の騒ぎは大変だったが……正直言って、その後の事件が大きすぎてまりなのことは忘れていた……。まりなの話から、互いの仕事の話になり、お互いに「相変わらずだ」でお茶を濁《にご》す。

小次郎がコーヒーをお代わりする。その指を見る。指輪もしていないし、香水の匂《にお》いもしない。石鹸《せっけん》の種類も変わっていない。なにもかも昔のままだ。女っけがあるのかないのかわからない。

聞いてみようか、と思った。いまどうしてるんだ? 恋人はいるのか? 軽い感じで聞ければ、軽く返事が返ってくる気がした。〝ああ、いるよ〟〝いや、特定の女はいない〟。……だからどうということはないが、ふいに知りたくなった。

「小次郎は……」

聞こうとして、勇気が出ない。

「ん?」

「……いや、なんでもない」

やっぱりやめよう、と思い直す。聞いてどうなるんだ? ばかだな、わたしは。

いや、やっぱり聞こう。

「小次郎は、いまは……」

ぴるりるりる、ぴるりるりる……。

言いかけたとき、彼の携帯電話が鳴り始めた。

小次郎はいらついたように舌打ちして電話に出た。電話の向こうからかすかに女の声がした。甘ったるいからみつくような声。わたしの心臓がビクリと鳴った。

相手の声が聞こえた途端、小次郎の態度が変わった。「いま、どこにいる？……説明は後だ。いまどこにいるんだ？」小次郎の視線が窓の外をさまよった。その横顔をみつめながら、小次郎がいま〝男〟の顔をしているのに気づいた。

なんでって？　聞かれても困る。女の勘だ。ああ、彼には女がいる。そのことがじわりじわりと胸に染み込んできて、わたしは座り込みそうになった。

やっぱりそうか、と思うと不思議な安堵《あんど》も押し寄せてくる。小次郎はいま別の誰かのヒーローになっている。べつの誰かを助けるために走り回ろうとしている。わたしの危機に正義の味方よろしく駆けつけてくることはもうない。そう思うと、区切りがついたという気持ちと、がっかりした気持ちが入り混じって、心の中で複雑な模様をつくった。

「女からか、小次郎？」

電話を切って出て行こうとする小次郎に声をかけると、小次郎は依頼人だと答えた。「依頼人も助けを求めるが、女も助けを求める……なんてな」と呟《つぶや》き、小次郎に背を向ける。

小次郎がここを出て行くところを見ていたくなかった。二度と見たくない。「お互い元気でやろう。じゃあな、小次郎」背を向けたまま手を振る。小次郎の足音が遠ざかっていく。

突然どっと涙があふれ出た。

事務員が気づいて、ポカンとしてこちらを見ていた。まずいなと思ったけど止められなかった。背後でドアが閉まる。わたしは手近な椅子《いす》に座り込み、事務員に「目にゴミが入った。目薬出してくれ」と言った。

事務員は少し迷ってから、嘘《うそ》を信じたふりをしてくれた。「コンタクトですか？　合わないなら眼鏡にしたほうがいいですよ……」「ああ、そうだな」机の上におきっぱなしのターキーサンドをみつけて、引き寄せる。わたしは食べて、働いて、この事務所をやっていかなくては。誰よりもしっかりしてなくちゃ。あーもう、泣くなんて。

ふと窓の外を見た。

ショートヘアにラフな服装の少女が所在なげに立っていた。さらさらの髪が風になびき、日に焼けた細い足が地面を何度も蹴《け》っている。

その顔に見覚えがあった。

「……山下水穂だ！」

わたしは立ち上がった。化粧も髪型も、そして服装も……あの写真とはまったく別人だった。ロングヘアも真っ赤なルージュも、セクシーさを強調するサンドドレスもない。短い髪に白いタンクトップとジーンズの、少年のようなたたずまい。でも間違いない。一度見たら忘れられないような少女だ。……しかし。

いったいなぜこのビルの前にあの少女が立っているんだ？

わたしはサンドイッチを放り出し、事務所を飛び出した。エレベーターを待ちきれずに階段で一階まで降りる。外に出ると、真夏の陽射《ひざ》しとセミの声が頭上から降り注いできた。

山下水穂の姿はなかった。

無人の道路の街路樹が、風にさわさわ揺れているだけだった……。

☾弥生編#6「8月4日／弥生、殺人遊戯《デス・ゲーム》に行き当たる」

「ねぇ……なんであなたたち、揃《そろ》って髪形を変えたわけ？」

わたしに訊《き》かれた少女達は顔を見合わせた。どうする？　と相談するように視線を泳がせあい、不安そうにわたしを見る。

ここは地下鉄六本木駅を出てすぐのところにあるスターバックスコーヒーの二階だった。夕方頃から遊び人の女の子達がどこからともなく集まり、今夜の相談をしながらけだるくコーヒーカップをもてあそんでいる。脂肪分たっぷりのミルクとクリームを注がれたコーヒーは、わたしの好みじゃなかった。少しだけ口をつけてやめ、煙草《たばこ》を取り出すと、女の子の一人が「お姉さん、ここ禁煙だよ」と口を尖《とが》らせた。

わたしのショックを受けた顔が予想外だったらしく、女の子達はクスクス笑った。わたしもつられて笑い出した。雰囲気が少しだけ友好的に変わったようだった。

彼女達は通り魔殺人事件の二人目の被害者……わたしが知っていた少女の友人達だった。調べる方向をこちらにしたのは、被害者のほうから山下水穂の情報が得られるかもしれないというわたしの勘だ。今朝、一瞬だけみつけたあの少女、山下水穂をわたしは探すことにした。あの子が鍵《かぎ》を握っている。

少女達はかったるそうに足を掻《か》いたり、髪を触《さわ》ったりしながら「えっとぉ」と話し始めた。

事前に写真で見た彼女達は、そろって腰までのばしたロングヘアにラメを散らした肌だったのに、実際に会ってみると肩に届く辺りでばっさり切って外巻にしたり、ショトにして栗色に染めたりしていた。一人や二人ならわかるが、全員そろって髪を切るなんて、なんだか異様な光景に見える……。

「ゲームが始まったの」

女の子の一人が言った。

「ゲーム？」

「えっとぉ、あのぅ……最近この辺《あた》りの遊び人のあいだではおかしな話があるの。いつの頃からかわかんないけど、いまではみんな知ってる」

「どんな話？」

「〝ロングヘアで胸にほくろのある女は、腹の中にすげぇブツを隠してる〟。だからそういう女をみつけると、腹を裂《さ》いてそれをみつけるって。それがどんなブツなのかはみんな知らないいんだけど、とにかく、先にみつけたヤツが〝WINNER《ウィナー》〟なんだぜって言い出して。あいつらのゲームなんだよ、これは」

わたしはポカンとして女の子たちの顔を見回した。そんな噂《うわさ》があって、次々に女の子が殺されて……それでもこの街にやってくる心理がよくわからない。彼女達もゲームの参戦者なのだろうか。殺されずに生き残れば攻略完了……？

「噂、知ってる子はみんな髪を切ってる。短くしてても、踊っててよく髪引っ張られる。ロングを切りたくなくて、ショートのヘアウィッグ被《かぶ》ってる子とかもいるから。実はロングってバレた子は、あわてて無駄毛処理用の剃刀《かみそり》で自分の髪を切ってた。切りながらヒス起こしたようなすっごい悲鳴上げてた。そういうゲームなの。殺人遊戯《デス・ゲーム》。だからもうこの辺りでロングヘアの子なんていないよ。外人とおのぼりさん以外はね」

顔を見合わせクスクス笑う。わたしは絶句して彼女達を見回した。

それから、煙草がないので所在無く窓の外を眺める。日が暮れる前のこの街はなんだか薄ぼんやりした活気のない雰囲気だ。この街でそんなことが起こっているなんて、急にはピンとこなかった……。

店を出て歩き出したところで携帯電話が鳴った。中村刑事からだ。

「もしもし?」

『あ、中村です。弥生さんいまお話できますか?』

声を聞いた瞬間なぜかホッとした。

いま少女達から聞いた話を告げると、さすがに中村刑事はうーんと唸《うな》った。それから、

『ぼくのほうからは……』と言った。

『山下水穂の情報をいただいたので、お返しのご報告です。彼女のマンションをみつけました。アルバイトしているショーパブの寮です。しかしここ数日間は帰ってきていな

いようです。事件に関連があるかはわかりませんが、一応足取りを追っています』
電話を切り際《ぎわ》、中村刑事が『弥生さん、事件の解決の目処《めど》が立ったらですが、一度……』
何か言いかけて、やめた。電話の向こうからあの年配の刑事の『中村！　おーい、どこだ！』というだみ声が聞こえてきて、電話が切れた。

事務所に戻って地味な書類まとめをこなしているうちに、夜九時を過ぎてしまった。

居残りしている所員が数人いて、所長室を出てきたわたしに「所長、さすがにこの時間になるとひもじいです」と恨《うら》めしそうに言った。

「全員食事抜き？」

「そりゃあそうです」

「よし、じゃあなんか食べに行こうか。今日はわたしのオゴリだ」

そういうと所員達は「わーい」と言いながらフラフラ立ち上がった。寿司派としゃぶしゃぶ派と鰻《うなぎ》派に分かれて言い合いになり、誰もが譲らないのでアミダくじを作り始めた。（誰もわたしが食べたいものを訊いてくれない……）とくさりながらも待っていると、電話が鳴った。アミダくじにとらわれていて誰も電話に出ない。たいしたやつらだ……。わたしはため息をついて受話器を取った。

「はい、桂木探偵事務所」

『安岡です』

わたしの依頼人、安岡漣《れん》からだった。

『その後、進展しましたか？』

妙に焦《あせ》ったような声だった。あの疲れをためてやつれた顔を思い出した。わたしが手短かに、六本木界隈《かいわい》でおかしな殺人ゲームが始まっているが山下水穂との関連はわからないこと、山下水穂の住んでいたマンションがわかったがいまは出入りしていないらしいことを告げると、電話の向こうで安岡漣が突然叫んだ。

『そのマンションは！　どこだ、どこですか！』

「安岡さん？」

『いますぐそのマンションに行く。場所を教えてくれ！』

戸惑《とまど》っていると、電話の向こうからなぜかすすり泣きが聞こえてきた。あの大男が泣いているのか……？　ど、どうしよう……。わたしは助けを求めるように事務所の中を見回したが、所員達はアミダくじの当たりのラインをたどるのに必死で、わたしの存在など忘れているようだった。

「安岡さん？」

『水穂は……水穂は……』

安岡漣の声が切れ切れに聞こえてきた。

『あの女は……悪魔なんだ』

安岡漣はすすり泣きながら言った。

『あの女は、虐待《ぎゃくたい》を受けて、弱り、縮こまり……ある日、悪魔に魂を売って蘇《よみがえ》ったんだ。あの悪魔のような魅力《みりょく》で父を説き伏せ、宝石を手に入れると……』

『父を殺した』

「殺した？」

わたしは訊き返した。

『直接手を下したのは……運転手のフランシスコだ。だが、水穂がフランシスコをたらしこんで父を殺すようにけしかけ、宝石を持って逃げたことはみんな知っている。フランシスコは水穂と二人で高飛びするつもりだった。彼もまた水穂に溺《おぼ》れていたからだ。フランシスコの首には大きな刃物傷がある。水穂をささいなことで怒らせたとき斬《き》りつけられてできた傷だ。フランシスコは言った。水穂は泣いていたのに、突然目の色を変えて斬り付けてきたと。悪魔が乗り移ったようだったと。だが、そうまでされたのにフランシスコは水穂を信じた。父を殺し、一緒に逃げようという言葉を。しかし水穂は一人で消えた。だから……我々親族、裏切られた運転手、そして通り魔の犯人……たくさんの人間が水穂を追っている』

山下水穂が彼の父を殺させた……？

写真でみた彼女の顔と、午前中、一瞬垣間《かいま》見た姿が思い出された。悪魔のような少女。

それは奇妙なリアリティをもって感じられた。『フランシスコは水穂をみつけたら迷わず殺すだろう。裏切られた痛みはそれほど大きい。だが我々親族も……ぼくも同じだ。彼女を殺すためにきた。我々の手を逃れ自由になれると思い込んでいる、あの小鳥を、この手で握りつぶすためにきたのだ……』安岡漣はすすり泣きながら電話を切った。

わたしは受話器を呆然《ぼうぜん》とみつめていた。

(彼女を殺すためにきた。あの小鳥をこの手で握りつぶすために)

いま聞いた安岡漣の言葉が耳に蘇った。

たくさんの男達が彼女を追っているようだった。その誰もが、山下水穂を自分の手の中で意のままにしたくて、そうできなくて、彼女を憎んでいる。彼女の自由を憎んでいる。そんな気がした。安岡漣は、親族の呪縛《じゅばく》を離れて一人自由になろうとする彼女を憎み、翼をもごうとする。運転手のフランシスコは、彼女を囚《とら》われた籠《かご》から助け出す代わりに、自分の籠に招きいれようとする。

そして水穂はすべての呪縛から逃げる。

そのために殺人を教唆《きょうさ》した。

とにかく……安岡漣に水穂のマンションを教えるのはまずい。しかし情報も少ないいまどうすればいいのか……。頭を抱《かか》え込んだとき、所員の一人が「やったー」と叫んだ。

「所長、鰻に決まりました！　よし、鰻屋へレッツゴー！」

わたしはため息をついて「……おっけー」と言った。

結局、鰻屋の後カラオケに行き、また別の店で飲んで……午前様で帰った後、いつも通り朝九時に事務所に出勤した。昨夜の大騒ぎなど嘘《うそ》のように所員達は真面目にデスクに向かっている。感心なことだ。

調査のために外出し、事務所に戻ったときにはとっぷりと日が暮れていた。疲れのせいか体が重い。コーヒーを片手に所長室に入ろうとすると、事務員が「あ、お客様がきてます」と声をかけた。

「客？　依頼人か？」

「いえ、あの、なんだっけ、天田さん？　天野さん？」

「……天城《あまぎ》だよ。天城小次郎」

所長室のドアが内側から開いて、小次郎が背後からわたしを覗《のぞ》き込んだ。

「……小次郎？」

わたしは目をパチクリした。「忘れ物か？」と訊くと小次郎は額《ひたい》に手をやって笑った。唇の端《はし》が上がり、そんなわけないだろ、という顔でわたしを見下ろした。

所長室に入り後ろ手にドアを閉める。小次郎は言った。

「協力を申し込みたいと思ってね。いや……共闘《きょうとう》、かな」

オレが、「協力を申し込みたいと思ってね。いや……共闘、かな」
そう言うと、所長室のデスクについた弥生は
一瞬ポカンとしてこちらを見上げた。

小次郎編

#7

【8月5日／小次郎、流される】

☾小次郎編#7「8月5日／小次郎、流される」

「協力を申し込みたいと思ってね。いや……共闘《きょうとう》、かな」

オレがそう言うと、弥生は一瞬ポカンとしてこちらを見上げた。メンソールの煙草《たばこ》をくわえて火をつけ、大きく吸ってから視線を落とす。

「……どういうことだ？」

「オレのかかわっている事件に関連することで事務所に刑事が訪ねてきた。秋田犬を連れた刑事だ」

弥生はドキリとした顔をした。「中村刑事か……」呟《つぶや》いて煙草を灰皿に置く。

「彼は六本木通り魔殺人事件の捜査員だ」

「……なるほど」

オレは頷《うなず》いた。

つながりそうな気がしてきた。六本木で男達に付け回されているセシル。男達が半《なか》ば信じていた、セシルの腹に隠された〃何か〃の存在。そして、あの女たちの腹を裂《さ》く通り魔殺人。

事務所においてきたセシルのことがふと脳裏《のうり》をよぎった。褐色《かっしょく》の肌。出かけようと立ち上がったオレを見上げる、頼りない子供のような表情。

オレは頭を二、三度振り、そのイメージを追い払った。

弥生に、依頼人の女を付け回す男達から聞いた〝腹の中にあるブツ〟の話をする。弥生は頷いた。

「いいだろう。共闘、か。だがわたしの情報をどこにももらすなよ。依頼人のプライバシーにかかわる」

そう言ってコーヒーを飲み干す。

「いま六本木界隈《かいわい》で起こっている連続通り魔殺人は、若者達のあいだに流れる一つの噂《うわさ》が原因だ。曰《いわ》く〝ロングヘアで胸元にほくろのある女は腹の中にすげぇブツを隠してる〟。そのブツがなんなのか若者達は知らない。ただ、それを先にみつけるのが〝WINNER《ウィナー》〟だという街を上げての一種の殺人ゲーム《デス・ゲーム》が始まっている。小次郎、おまえの依頼人が狙《ねら》われたのもおそらくそのせいだ。ロングヘアにほくろ……違うか？」

セシルの顔を思い出した。オレの知る彼女はショートヘアだが、中村刑事が持ってきた写真、そしてグラビア雑誌に載っていた写真では、彼女は腰まで届くロングヘアだった。そして右胸の上に大きなほくろが一つ。

またセシルの顔がちらつき始めた。オレはあいまいに頷いた。弥生は話を続ける。

「ところで、わたしの依頼人はブラジルからやってきた日系人だ」

「……ブラジルだって？」

「ああ。彼の父は安岡義美という日系の富豪《ふごう》だ。宝石採掘《さいくつ》で一山当てたらしい。彼は最近、運転手の青年に殺された。その運転手、フランシスコをそそのかしたのが……」

弥生は手帳から写真を取り出して机に置いた。

漆黒《しっこく》の髪をたらして赤いルージュをひいたセシルが、こちらに不敵な微笑《びしょう》を向けている。

「……この女だ」

オレはずしりと衝撃《しょうげき》を感じた。声がかすれる。「この女が……」弥生はいまなんて言った？　運転手をそそのかした……。富豪が殺された……。

「そうだ。この女性の名は山下水穂」

「山下水穂……？」

「ああ。日系三世で、早くに父親を亡くして安岡義美に引き取られた。そして養父の安岡義美から長年に渡り性的虐待《ぎゃくたい》を受けていた。行政の保護を求めたが得られなかったため、逃げることをやめ、安岡義美の懐柔《かいじゅう》にかかった。そして遺産をすべて得ようとしたが親族の猛反発に遭い、運転手をそそのかして養父を殺した。運転手に続いて山下水穂も消えたが、遺族は大切な遺品〝パライバトルマリン〟も消えたのに気づいた。小指の先ほどの小さな宝石だが、それを持つものに幸運と非凡な人生を約束してくれる」

「宝石……」

オレは呟いた。

突然入ってきた情報に頭がくらくらし始めた。養父の性的虐待。莫大《ばくだい》な遺産。運転手の養父殺害。そして……消えた宝石。

オレが抱《いだ》いているセシルのイメージとどうしても重ならなかった。彼女に秘密があることはわかっていたが、いま聞いたようなことだとは思っていなかった。

ふと……昨夜セシルがもらした寝言を思い出す。


(あれは、亡き王女のための石……。誰にも、誰にも渡さない)


弥生は二本目の煙草に火をつけた。メンソールの煙が部屋に充満する。

「そのスケベジジイ、安岡義美を巡る一つの噂が親族のあいだにあった。養女の山下水穂に宝石を残すため、少女の体に宝石を埋めたと。外科手術でなければ取り出せないような場所にだ。安岡義美の息子、漣《れん》は山下水穂の足跡を追って日本までやってきた。すると日本のとある街で、偶然とは思えない噂が流れ殺人事件が起きていた。曰《いわ》く〝ロングヘアで胸元にほくろのある女の腹にはすげぇブツが隠れてる〟。安岡漣は誰かに殺される前に水穂をみつけたいと願っている。宝石を取り戻すため、そして……ゆがんだ愛情からだ。だが漣にも、誰がそんな噂を流したのかはわからない」

「……外人の男だ」

弥生が「えっ?」とこちらを見上げる。

「こっちの依頼人を追っかけまわしていた男に聞くと、外人の男……ブラジルのサッカー選手みたいなヤツ、って言ってたが、そいつに女の写真を見せられて、こいつの腹にすげぇもんがあるって教えられたらしい。おそらく最初の何人かは、その外人から直接聞いたんだろう。それが噂となって流れるとき、女の特徴がロングヘアとほくろだけになった」

「外人、か……」

「首に大きな切り傷があるらしい」

弥生が顔を上げた。

「……なんだ？」

「運転手のフランシスコには、首に大きな切り傷がある。山下水穂がヒステリーの発作《ほっさ》を起こしたとき斬りつけられた傷だ。致命傷にはならなかったが大きな傷跡が残った」

オレと弥生は顔を見合わせた。

……弥生はまた煙草に火をつけた。灰皿の上には吸殻《すいがら》が山になっている。吸い口にうっすらと桜色の口紅がついている。弥生はいつもブラウン系の落ち着いた色を塗っていたはずだ……たまに、休みの日にどこかでかけるときだけ、淡いピンクのルージュを引いたりしていたが、鏡を覗《のぞ》き込んで「やっぱり落ち着かない……」なんてぼやいていた。

オフィスでこんな色をつけているなんて珍しいな。

オレの口からふと「弥生、おまえ男ができたのか？」という問いが滑《すべ》り出た。言ってから自分でも驚いて口をおさえた。弥生はポカンとしてオレを見上げ、唇の端《はし》を微妙に持ち上げて笑った。

「ご想像にお任せするよ。……でも、なんでだ？」

「いや、なんとなく。前より色っぽい」

「お世辞か？　なにも出ないぞ」

「そいつは残念。金一封《いっぷう》ぐらい出るかと思ったが」

軽妙に心がけているのだが、どこかスムーズに運ばない会話になった。オレは、陶器《とうき》のように青白いきめ細かな肌の弥生の横顔を見下ろしながら、こうやってもし再会したとしたら、オレはどうしようと思っていたんだっけと考えてみた。

なにも浮かばなかった。かける言葉も、なにも。

部屋の空気は濃密《のうみつ》な過去の匂いで満ちていた。みつめあうほどに、さまざまな過去のシーンが蘇《よみがえ》り、あぶくのようにふわふわ消えていく。その過去をいまに近づけていくと、二人の歴史の途中には……おやっさんの事件が横たわっている。そしてそこで歴史はぷっつりと切れている。

これからのことに通じるものは何もなかった。

オレは落ち着かない気分になった。思い出の走馬灯には耐えられない。

「そろそろ……」

オレは言った。「そろそろ帰るよ。お互い多忙な身だ」弥生が顔を上げてしばらくぼうっとオレを見上げていた。それから「ああ、そうだな……」と立ち上がった。

二人で所長室を出ると、もう所員達の姿はなかった。照明も半分ほど消されて、ユニマットのコーヒーもポットを洗って乾かしてあった。

「じゃあ……」

「ああ」

弥生が頷いて、それからなにか言いかけた。口を開いて、また閉じ……。

「なにかわかったらまた連絡するよ」

そう言うと「ああ、お互いにな」と言い、オレにサッと背を向けた。

驚くほどのそっけなさだった。一刻も早くオレから逃れたがっているように、背を向けて早足で遠ざかっていく。オレはしばらく呆然《ぼうぜん》とその後ろ姿を見ていた。

やがてオレもゆっくりきびすを返した。

エレベーターのボタンを押し、乗り込む。ドアが閉まって一階に降り始めたとき、オレはなぜか、ふいに、弥生が後を追ってくるのではないかと思った。そっけないあの態度からなぜそう思ったのかわからない。多分……情けないがオレの願望だ。追ってきてなにか言ってほしい、そう思ったのだ。

もちろん、弥生は追ってこなかった。

当たり前だ。

事務所に戻ると相変わらず煌々《こうこう》と照明がついていた。夜だというのに蒸し暑く、朝干した洗濯物も乾いていない。たいした事務所だ。

拾ってきた小猫のように、ソファに丸まっていたセシルが身を起こした。

オレはなぜか笑顔になった。

誰かが自分の帰りを待っていたことに、驚くほどホッとしていた。おそらく別れ際《ぎわ》の弥生の態度が予想外に響いていたのだろう。

ソファに座り込む。セシルがすりよってきて隣に座り、またコロンと横になった。

「君は……」

セシルは面倒くさそうに顔をこちらに向けた。

「なーに?」

「君は、山下水穂か?」

セシルの顔に笑みが広がった。

「そうよ」

「養父を殺した?」

「殺してないわ」

セシルは子供のような声で言った。顔つきもあどけない。

オレはセシルに顔を近づけた。一センチ、一センチと、危険に近づいている。毒の花みたいなものに匂いにつられて近づいている。わかってはいたけれど、もう止まらない。

「パパを殺したのはフランシスコよ」

「フランシスコの首を斬りつけたのはなぜだ？」

「なぜだったかしら……忘れたわ。そうしたかったからよ、きっと」

「彼をそそのかして養父を殺させた？」

「……」

セシルの顔は大人になったり、子供になったり、めまぐるしく表情を変えた。「宝石をどこに隠した？」セシルはオレの膝《ひざ》の上にするりと乗ってきて「あなたなら？」と聞き返す。

「奥歯の中かな」

適当に言うとセシルは笑い出した。

「……なんだよ」

「やっぱり気があうわね、わたしの探偵さん。そうよ、宝石は奥歯の中。だからたとえわたしを殺したって、お腹を裂いてもパライバトルマリンは出てこないわ。ここに……」セシルは小さなかわいらしい口を開けて、細い指で奥歯を指し示した。「……なんてね。嘘よ、探偵さん。わたしそんなもの持ってないわ」そっくり返って笑い始める。また笑いの発作だ。白い細い首が揺れ動く。

「わたしたちほんとに気があうわ。最初にあの喫茶店で再会したとき、思ったの。この人とわたしはそういう運命に違いないって。おんなじこと考えて、同時におんなじことしたりするって。ねぇ、そしたら……」

セシルがオレの上に覆《おお》い被《かぶ》さってきた。いつのまにか顔が女に戻っている。甘いいい匂いが鼻腔《びこう》を刺激する。

「きっといまも、おんなじこと考えてるわね？　探偵さん……？」

セシルの唇がオレを塞《ふさ》いだ。

オレもう、抵抗しなかった。

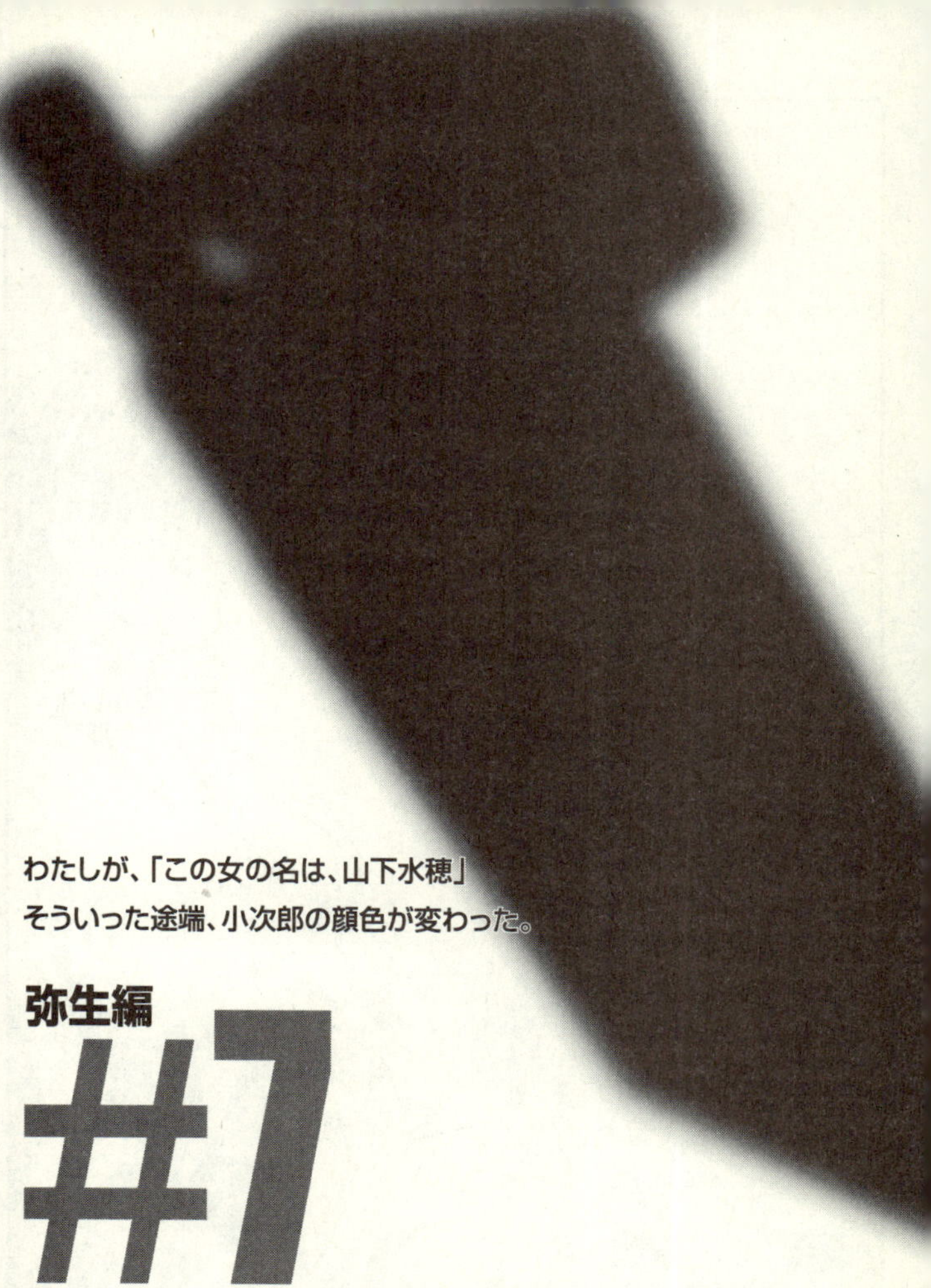

わたしが、「この女の名は、山下水穂」
そういった途端、小次郎の顔色が変わった。

弥生編

#7

【8月5日／弥生、迷う】

☾弥生編#7「8月5日／弥生、迷う」

「この女の名は山下水穂」

そういった途端《とたん》、小次郎の顔色が変わった。

桂木探偵事務所の所長室。窓の外は日がとっぷりと暮れて、遠く都心の夜景がきらきら輝いて見える。

デスクの上には少女の写真があった。わたしが手帳から取り出したのだ。

「山下水穂……？」

小次郎は初めて聞く名前のようにただ繰り返した。

どうやら小次郎はこの少女を知っているらしい。わたしは写真に目を落とした。真っ赤なルージュ。挑発的な濡《ぬ》れた瞳《ひとみ》。ほっそりしているのに不思議なほど肉感的にうつるボディラインはいまにも動き出しそうだ。わたしはふいに、ゆっくりゆっくりとした嫉《しっ》妬《と》を覚えた。激しい焼けつくようなものじゃない。ああ、こんな美しい少女を小次郎が知っているのだ、気にかけているのだと思うと、瞼《まぶた》が重くなり落ちてしまうような脱力感に見舞われたのだ。

小次郎はわたしの言葉を待っている。わたしは機械的に言葉を続けた。「ああ。日系三世で、早くに父を亡くして安岡義美に引き取られた。そして……」養父の行い、遺産、運転手と共謀《きょうぼう》しての養父殺し、消えた遺品について説明をする。性的虐待《ぎゃくたい》の話になったとき、小次郎の顔に一瞬、表情が浮かび、またポーカーフェイスに戻った。衝撃のようにも、痛みのようにも、強烈な興味のようにも見えた。

急に小次郎のことがよくわからなくなってきた。昨日の朝と、今夜。久々に顔を合わせて言葉や視線を交わすうちに、勘を取り戻すように小次郎の呼吸が読めるようになっていたのに、少女の写真を出した途端、彼との距離がつかめなくなっていた。

多分、小次郎の心がわたしから離れてべつの何かを考えているのだろう。わたしは、山下水穂の体に埋められた宝石、そのことを知った六本木の若者達に流行《はや》り始めた殺人ゲーム《デス・ゲーム》のことを話した。「……だが、誰がそんな噂《うわさ》を流したのかわからない」と言うと小次郎はふいに口を開いた。

「……外人の男だ」

「えっ？」

小次郎のつかんだ情報ではブラジル人らしき大男が噂を流し始めた張本人らしい。

「首に大きな切り傷があるらしい」

わたしの手が止まった。

どうした？　と訊《き》くように小次郎が片眉《かたまゆ》を上げる。

「運転手のフランシスコには、首に大きな切り傷がある」

わたしたちは顔を見合わせた。

わたしが新しい煙草《たばこ》に火をつけると、小次郎は壁にもたれ、窓の外に視線を流して黙り込んだ。どうやらこれ以上情報を受け渡すつもりはないらしい。いつもの小次郎だったら、こちらが提示した情報に見合うだけのものは返す。それが今日はもらいっぱなしになっている。フランシスコのこと以外はわたしはなにも得ていない。抗議する気にはならなかった。いま彼は、探偵としてじゃなく、なにか別の思いに突き動かされて行動しているように見える。果たしてそれがなんなのか……。ずっとそばにいるあの女の助手にならピンときたかもしれない。でもわたしには全然わからない。

昨日の朝、小次郎に再会してからずっと続いていた、落ち着かない思いはどこかに少しずつ流れ出ていってしまった。事件について話し終わると、わたし達にはなにも話すべきことはないようだった。小次郎は窓の外を見ているし、わたしは煙草の煙をぼんやりみつめている。

ふいに小次郎が言った。「弥生、おまえ男ができたのか」わたしは煙草にむせそうになって、コンッと咳《せき》をしてから小次郎を見上げた。いったいなんなんだ突然？

小次郎はなにか違和感を感じているようにしげしげとわたしを見ていた。「ご想像にお任せするよ」そう呟《つぶや》いて、でも不思議になり、訊く。

「でも、なんでだ？」

「いや、なんとなく。前より色っぽい」

なんだそれは。

最近なにかあったっけ？　まりなを鼻血ブーにした以外、特に思い当たらない。それからあの通り魔事件か……。ふと手のひらに何かの感触《かんしょく》がよみがえった。しばらく考えて、あの夜、六本木署で震《ふる》えているとき、中村刑事に握られた手の感触なのだと思い出す。何でそんなことを覚えてたんだ……？　うっすら頬《ほお》が熱くなる。小次郎がしげしげとわたしを観察している。

「お世辞か？　なにも出ないぞ」

あわてて言うと、小次郎は「そいつは残念。金一封《いっぷう》ぐらい出るかと思ったが」とにやりとする。

そのまま小次郎はわたしをみつめている。みつめられている頬がひんやり冷えていくような気がした。おかしな緊張だった。黙って煙草をみつめていると、小次郎が「そろそろ……」と壁から背を離した。

「そろそろ帰るよ。お互い多忙な身だ」

「ああ、そうだな……」

小次郎を送るために所長室を出た。所員達はもう誰もいなくて、フロアの照明も半分消されている。小次郎の足音が響く。「じゃあ……」小次郎が振り返って言った。

「なにかわかったらまた連絡するよ」

小次郎が帰ろうとしている。

背を向けた彼の後ろ姿を見たくなかった。昔……彼が永久にわたしのそばを、そしてこの桂木探偵事務所を離れることになった日、ここから彼の後ろ姿が遠ざかるのを見送った。幾夜も夢に見てうなされた……。わたしは怖《こわ》くなって先に背を向けた。「ああ、お互いにな」小声で言い、震えている肩に気づかれないよう背を丸める。髪がさわりと動いて肩から落ちてきた。

小次郎はしばらくためらうように立ち尽くしていた。だがやがてわたしに背を向けたようだ。遠ざかる足音が聞こえてきた。

わたしは呆然《ぼうぜん》と足元の床を見ていた。

ふいに大きく振り返り、早歩きでドアに向かった。事務所のドアを開けると、彼の乗ったエレベーターが三階、二階……と降りていくところだった。

なにか言い忘れている気がする。

ずっとずっと、長いあいだ。彼に何かを伝えていない気がする。

それがなにかはわからない。わたしは衝動的にエレベーターのボタンを押し、彼を追おうとした。隣のエレベーターが入れ替わりに一階から上がってくる。だけど彼が乗ったほうはもう一階に着いてしまう。

三階で止まったエレベーターのドアが開く。わたしは飛び込もうとした。

……ワン！

白いかたまりがわたしに飛びついてきた。秋田犬のライカだった。

「……こんばんは」

Tシャツ姿の中村刑事が立っていた。エレベーターから降りてきて「照明が点いていたから、まだいらっしゃるかと思って」と微笑《びしょう》する。

目尻を下げた包み込むような微笑。小次郎がけしてしないような暖かな表情。

わたしの体から力が抜けた。

小次郎を追うことができなくなった。


中村刑事の差し入れのチキンケバブをかじり、コーラを飲みながらライカの散歩に付き合うことになった。

「ライトバンの屋台でトルコ人が売ってるんだ。それがとにかく好きで。本当は無許可販売だからいつか挙《あ》げなくちゃいけないんだけど」

わたしは頷《うなず》いた。食べながらだから歩調もゆっくりになる。なんとなくわたしがしょげているのに気づいてか、中村刑事はときどき静かに話しかけるだけだった。

ライカがふざけて中村刑事にじゃれついたり、ふりかえって尻尾《しっぽ》を振りながら歩いている。中村刑事もライカも、ゆっくりゆっくりしたわたしの歩調にあわせてくれた。

ぽつりぽつりと会話が始まる。

中村刑事が仕事の話をしないので、わたしもたわいない話ばかりした。学生の頃の部活とか、当時の食欲のすごさとか。友達が就職活動でゴム製品の会社に行ったら、本社ビルがコンドーム型ビルだった話とか。ほんとにしょうもない、どうでもいいような話だ。

　だけど、人とこんな話をするのは久しぶりな気がした。いつも仕事に追われて、意味のあることばかり口にしてる。不思議とリラックスしてきた。ライカがじゃれ、わたしが話し、中村刑事はのんびりと歩いている。

　小次郎が……。

　小次郎がこんなふうに犬をかわいがっているところなんて想像できなかった。女の話に相槌《あいづち》を打っているところも。あの男は根っからの一匹狼《おおかみ》だから……。

「何を考えてる？」

　中村刑事が急に訊いた。わたしが「こんなふうに犬を飼う男ってどんな人だろうと考えてた」と答えると、また、目尻を下げたあの微笑を浮かべた。

「普通の男だよ」

「犬とか人とかを甘えさせるのがうまいのって、どういう人なのかなって考えてた」

　中村刑事は頭をかいた。ライカの手綱《たづな》を引っ張りながら「女所帯。親父《おやじ》も刑事で、ぼくが学生のとき殉職《じゅんしょく》した。うちにはお袋と妹が二人。妹達はまだ学生だから、ぼくの給料と親父の労災で学費を出してる」と言った。

「所帯主ってこと？」

「女所帯のね。たくさんの尻に敷かれてる。お袋のがいちばんでかいけど」

「女に手綱《たづな》を握らせるのも、一つの甲斐性《かいしょう》だ。あなたは甲斐性のある男なんだな」

中村刑事は笑った。

「流されて生きているだけかもしれないよ。ぼくは普通の男だ」と言う。

非凡な男にずっと惚《ほ》れていた女であるわたしは、その答えに、なぜか少し傷ついた気がした。普通の男、中村刑事は、じゃれつくライカを優しくあしらい、ゆっくり歩いていく。

サン・マンションの前に着いた。わたしは「ありがとう」と言ってエントランスに入ろうとした。自然に早足になる。中村刑事が背後から「弥生さん」と呼び止めた。

「ん？」

「ぼくと……」

振り返ると、中村刑事は直立不動になっていた。

「ぼくと付き合ってください」

わたしはポカンとした。

「へっ？」

思わず相手の顔を見上げる。中村刑事は真剣な顔でまっすぐわたしをみつめていた。

☾弥生編#8「8月5日／弥生、流されない」

〝幸福とは、目前を通り過ぎていく回転寿司のマグロの皿のようなもの〟

こんな迷言《めいげん》を残したのは、わたしの悪友、法条まりなだ。

もともとはギリシャ神話にある〝幸運の女神には後ろ髪がない〟という逸話《いつわ》からきているらしい。〝幸運の女神には前髪だけしかなく後ろ髪がない。だからきたときに摑《つか》まなければ永遠に手に入らない〟

それを現代風に回転寿司にたとえたらしい。店を一回りしてくるのを待っていたら、誰かに取られて二度と手に入らない。

それは、学生時代に飲みながらやっていた彼女とわたしの言葉遊びだ。何々とは？と質問しあい、しゃれた言い回しをみつけては披露《ひろう》していく。段々酔っ払うので、後半に行くにしたがってわけのわからない迷言が増える。

もう一つ、覚えている。

〝愛とは、あってほしいと思う人の心にだけ存在する魔法〟

振り返ったわたしの前に中村刑事が立っていた。ライカがその足元にじゃれついているが、彼は真剣な表情を崩さない。

「ぼくと付き合って下さい」

「へっ？　あ、あの……」

「それを言おうと思ってきた。返事は急がない。だがいまの気持ちだけ聞かせてほしい」

立ちすくんでいると、ライカがワン！　と鳴いてこちらに走り寄ってきた。手綱《たづな》を引っ張られて中村刑事も近づいてくる。固い顔をして立ち尽くしているわたしの顔を見下ろし、中村刑事は目尻に皺《しわ》をよせて笑った。「そんなに怖い顔しないで。決闘を申し込んだんじゃないよ」わたしの頭に手を乗せて子供にするようにポンポン撫《な》でる。

「ただ、ぼくはあなたを守りたいと思うようになった。あの夜ふるえているあなたの手を取ったときに。ぼくは普通の男だ。だからそれしか言えないけれど……」

柔らかな優しい手だった。

肩や眉間《みけん》に込められていた力が抜けて楽になっていくようだった。ずっと長いあいだ自分が無理をしてきた気がした。長年の凝《こ》りをほぐされているような、固い芯《しん》が溶けていくような、心地《ここち》いい脱力感があった。

ずっと、もう何年ものあいだ……こんなきっかけを待っていたのかなぁ、と思った。

小次郎という強烈な男の存在に、振り回されて、がんじがらめになって、どうしたらいいかわからなかった。離れることで忘れようとしたけれど、思いは募《つの》るばかりだった。自分の力では彼から離れられない。苦しいのに忘れられない。

誰かがわたしの背を押してくれなければ……。

待ち望んだ瞬間がいまなのかもしれない。頷《うなず》いて、お付き合いしますって言えば、ようやく次の一歩が踏み出せるのかもしれない。

　中村刑事に特別な感情はまだもてなかった。でもいい人だとは思ってる。好きになったりするのはゆっくりでいいのかもしれない。過去を捨てて踏み出せさえすれば……。なんて、ね。

　わたしは迷いながら、自分がこんなにも、小次郎を忘れたい、解放されたいと思っていることに気づいてショックを受けてもいた。幸福だった若い日のことを思った。流れた長い時間が恐ろしかった。

「……少し、考えさせて」

　そう呟《つぶや》いたとき、目の前をマグロの皿がゆっくり通り過ぎていくシーンがよぎった。中村刑事はしばらく黙っていて「……わかった」と頷いた。

　彼がゆっくりときびすを返し去っていく。

　わたしはエントランスに入りエレベーターで四階に上がった。外廊下から身を乗り出してライカと中村刑事の後ろ姿を見下ろす。それに気づいたかのようにライカがこちらを見てワンと鳴いた。中村刑事もこちらを振り返り、手を振った。

　遠くて見えないけれど、あの微笑が浮かんでいるのだろうと思った。わたしは深いため息をつき、となりの403号室……まりなの部屋のインタホンを押した。

　……まりなは留守だった。

「なんだよ、こんなときに。話を聞いてくれよ、まりな……」

呟きながら自分の部屋に入る。

化粧を落とすために、体に染み付いている癖《くせ》で洗面台の前に立った。鏡を見るといつもより青白い自分の顔があった。潤《うる》んだ悲しげな瞳《ひとみ》が自分をみつめ返してきた。

クレンジングクリームを手に取ったとき、バッグの中で携帯電話が鳴った。

洗面所を出て、リビングのテーブルに放り出していたバッグから電話を取り出す。見覚えのない番号だった。いぶかしみながら出ると『……もしもし？』不安そうな男の声が聞こえてきた。

『夜遅くすみません。安岡ですが』

……依頼人だ。壁時計を見上げると午後十時を少し回ったところだった。「なにか？」と訊《き》くと申しわけなさそうな声で『新しいことがわかったんです。それでお話ししようかと思って』と言う。

『電話では話せません。時間を決めてくれれば事務所まで行きますが』

わたしは手帳を取り出して明日のページを開いた。びっしり予定が書き込まれていた。明日は無理だな……。自分が疲れて、もう、ゆっくりお風呂に入って眠りたいと思っているのはわかっていた。だけどどうもサボるってことができなかった。

「わかりました。しかし明日は時間が取れません。明後日以降か、もしくは今夜でしたら事務所でお会いできますが」

『わかりました。今日お願いします』

わたしはバッグを肩にかけて、玄関でローヒールの靴を履《は》き、ドアを開けた。入れ替わりに隣人が帰ってきたらしい。鍵《かぎ》を閉めてバタバタ上がっていく足音が聞こえた。わたしは歩き出した。


桂木探偵事務所の入っているビルはオフィス街の一角にある。昼間はビジネスマンや近くの専門学校生達で賑《にぎ》わっているが、夜になると途端《とたん》に人気《ひとけ》がなくなる。

わたしの足音だけが響く。

ビルの前まできたとき、ちょうど反対側から安岡漣が歩いてきて、わたしに気づいて立ち止まった。

「すみません、こんな夜遅くに」

安岡漣が頭を下げる。「いえ」首を振りながらビルに入ろうとすると、背後から「水穂の居場所、教えてもらえませんか」と呟《つぶや》きが聞こえてきた。

振り返ると、安岡漣は驚くほど真剣な顔をしてわたしを見下ろしていた。肩幅の広いがっちりした体が月光を遮断《しゃだん》して大きな影をつくった。

「ぼくが、殺す、なんて言ったからあなたは警戒《けいかい》して教えてくれなくなった。あれは本気じゃない。それにぼくはあなたの依頼人だ。そのために調査料を払っている」

言葉と裏腹に、その目には暗い、激しい光があった。わたしが黙っていると、安岡漣はふっと笑って「じゃあいい。なにか進展しましたか？」と訊いた。

角を曲がってタクシーが一台通り過ぎていった。わたし達が立ち止まっているのを見て少し速度を落とし、大通りに向かって遠ざかっていく。

「進展はありました。山下水穂らしき女性の特徴を言って、そのお腹《なか》にある宝石のことを六本木の若者達に言い広めていた男がいることがわかりました」

安岡漣は目を見開いた。

「若い男だそうです」

「男……」

「その男は水穂の写真を見せて、この女の腹にすげぇブツがある、と若者達を焚《た》きつけていました。それが広まり街全体に浸透《しんとう》した結果がいま起こっている連続通り魔事件です。男には特徴《とくちょう》があります。首に大きな切り傷があったのを若者が見ています。首に切り傷……わたしは噂《うわさ》を広めたのは運転手のフランシスコだと思っています。確かあなたの話では、山下瑞穂に斬りつけられてできた傷があると」

「ええ、そうです。フランシスコには大きな傷がある。とても目立つ大きな傷が」

その声が……おかしな響きなのに気づいた。

安岡漣は奇妙な顔をしてわたしを見下ろしている。

首に巻かれたスカーフがほどけかかっている。その下から何かが見えている。

安岡漣の首には大きな切り傷があった。

左から右にかけて斜めに振り下ろされたような刃物傷。それが月光を浴びてうっすら浮かび上がっていた。安岡漣はわたしの表情に気づき、薄く笑った。

「そう、フランシスコの首には傷がある。水穂に斬りつけられてできた傷が。もう少し深ければ喉《のど》を切り裂《さ》かれて死んでいただろう、大きな傷だ。なぜフランシスコが逃げなかったのか。あんな小娘の振り回す小さなナイフなど簡単に叩《たた》き落せたのに。それは、水穂にならば殺されてもいいと思ったからだ。フランシスコは笑っていた。彼は水穂の混乱する自我に……幼い頃からの性的虐待《ぎゃくたい》によって生まれた水穂の混沌《こんとん》に巻き込まれていた。一緒に死んでもいいとさえ思っていた。だが水穂は違った。あの悪魔は自分にしか興味がない。ぼくのことなど、ただ、逃げるために利用していただけだ。ぼくに旦那《だんな》様を殺させたかっただけだ。ぼくはこの手で旦那様を殺し、水穂を見失って、一人で逃げた」

わたしに大きな影が覆《おお》い被《かぶ》さってくる。声も出ない。彼は言った。

「ぼくがフランシスコだ。水穂を探し出して殺すためにあなたを雇《やと》った」

☾弥生編#9「8月5日／弥生、囚《とら》われる」

「ぼくがフランシスコだ。水穂を探し出して殺すためにあなたを雇《やと》った」

大きな手がわたしに被《かぶ》さってきたとき、突然、眩《まぶ》しいライトがわたし達を照《て》らした。

「こら、そこで何やってる！」

目を瞬《まばた》かせながらそちらを見ると、紺色の制服を着た壮年の男性だった。このビルが契約している大手警備会社の警備員だ。夜間の見回りにきたのだろう。

わたしが声を上げかけたとき、フランシスコが動いた。棍棒《こんぼう》のような太い腕を無造作《むぞうさ》に振り落とす。一撃で警備員の掲げた懐中電灯が落ち、アスファルトに転がって道路の反対側まで滑っていった。

フランシスコは両腕を上げて警備員の首をつかんだ。何か言いかけた警備員の声がくぐもり、糸のように細くなって立ち消えた。ゴキッという鈍い音が数回した。何の音かと顔を上げたとき、警備員と目があった。

舌がだらりと垂れ下がり、驚いたようにこちらをみつめる目は眼球が顔から落ちんばかりに飛びだしていた。フランシスコが腕の力を緩《ゆる》めると、首は斜め後ろにガコンと垂れて不自然な角度で停止した。

わたしは気を失った。

意識が戻ったとき、最初に脳裏《のうり》に浮かんだのが、警備員の死顔だった。わたしは悲鳴を上げかけ、息苦しさとふるえでパッチリ目を開けた。

ようやく呼吸を整えて辺《あた》りを見回す。

わたしは薄暗い部屋の中にいた。

後ろ手に縛《しば》られているらしく、身体の自由が利《き》かない。なんとか身を起こして座ろうとしているうち、目が慣れてきた。

そこは潰《つぶ》れたなにかの店らしかった。十坪程度のこじんまりした店で、奥にカウンターがあり、その横にガラス張りのブースが見える。丸テーブルが幾つか反対側の隅《すみ》に積み上げられていた。何ヶ月も人の出入りがなかったらしく、埃《ほこり》っぽい。

薄汚れた窓ガラス越しに明滅《めいめつ》する赤いネオンが見えた。『台湾《たいわん》エステ〝琉球《りゅうきゅう》〟』と書いてある。台湾なのか？　沖縄なのか？　はっきりしろよ、と場違いなことを思った。

縛られたままなんとか立ち上がろうともがいているとき、キィッとかすかな音がした。

大男が入ってきた。安岡漣《れん》……いや、フランシスコだ。富豪《ふごう》の息子の名を騙《かた》って依頼人になった男。わたしはいまさらながら身元を確認しなかったことを悔《く》やんだ。依頼の内容によっては依頼人の身元を簡単に洗うのだが、国外のことなのではしょってしまった。身から出た錆《さび》だ。わたしのミス……。

フランシスコはのっそり近づいてきた。わたしは身を固くした。

「これが飲み物。こっちは口に合うかわからないけど」

「……はっ?」

フランシスコはおそるおそるわたしの前にビニール袋をおいた。おにぎりやサンドイッチがたくさん入っていた。背中にしょっていた鞄《かばん》を開けると、雑誌、チョコレート、クッションなどが出てきた。「なにがいるかわからないから、これをもってきたけど……」一生懸命になってクッションを並べ、わたしの居心地《いごこち》がいいように工夫し始めたフランシスコを、わたしは呆然《ぼうぜん》とみつめた。

「わたしはなんなんだ、お姫様か?」

「……いや、ちがう。ぼくが水穂をみつける前にぼくのことを誰かに報告されたくない。だからしばらくここにいてもらう」

「もっと乱暴に扱うことだってできるはずだ」

フランシスコはポカンとした。わたしのいうことがよくわからないらしい。また作業に戻って、クッションを置きなおし、ジュースとチョコレートをまるでお供《そな》えみたいにわたしの前に並べた。

囚《とら》われた女の前に下僕《げぼく》のようにかしずく大男。

それは不思議な、哀《かな》しい光景に思えた。

「フランシスコ」

「シッコって呼んでくれ。国ではみんなそう言う」

「じゃあ、シッコ」

わたしはおとなしくクッションに座りながら言った。

「なぜ水穂を追う？」

「裏切ったからだ。ぼくの気持ちを踏《ふ》みにじった。ぼくはすべてを犠牲《ぎせい》にして……水穂のために人を殺すこともためらわなかった。だが水穂にとっては、ぼくはただの知人に過ぎなかった。肉体関係があろうと、自分のためにぼくがなにをしようと、それは変わらなかった。それは旦那《だんな》様だって同じだ。誰がなにをしても水穂と他人の距離は縮まらない。旦那様を殺して、水穂の部屋に行き、彼女がすでに逃げているのを知ったとき、それに気づいた。水穂は誰も愛せないのだと。生きるほどに悪魔に近づいていくと」

「あなた、家族は？」

フランシスコはビックリしたように目を見開いてわたしを見た。「家族はいない。子供の頃は親父《おやじ》と二人だった。親父は職がなくて、ぼくが働きに行くことにした。しばらくして親父が死んだので、ぼくはそれ以降は……誰のためにも働いたことがない。一人だった」そう言うと、腕を組んでわたしをじろじろ見た。

「快適かな？」

「ああ。座り心地はいいよ」

「よかった」

フランシスコは従順《じゅうじゅん》でまっすぐな瞳《ひとみ》をしてわたしを見た。命令を待っている大きな犬みたいだった。この大男はこうやって女にかしずくことしか知らないのだろうか。

「水穂をみつけて、殺したら……どうするんだ、シッコ？」

「そしたら次はあなたを殺す。そして国に帰る」

フランシスコはなんでもないことのように言った。その目には怒りも威嚇《いかく》する光もない。本当にそうするのだろうとわかった。さっき見た、警備員が一瞬で殺されてしまった場面を思いだした。

ふいにわたしのスイッチが入った。ショックで麻痺《まひ》していた神経が元に戻ってきた。なんとかしなくては、わたしは殺されてしまう。それにあの少女もいつかみつかって殺される。

「武器がないから困るな。返り血も浴《あ》びたくないし」

フランシスコはまだ、わたしをどう殺すかという話を一人続けている。

「きっと、旦那様やさっきのやつにやったみたいに、首をねじって折ると思う。ぼくの力でやると半分ちぎれたようになってすごくへんなんだ。ゴキゴキッて音がする。あの音はそんなに好きじゃないな。でも仕方ない」

「水穂は？」

「生きたまま腹を裂《さ》くよ。それでパライバトルマリンを探す。小さな小さな宝石だから、少しずつ丁寧《ていねい》に捜《さが》さないとみつからないだろうな。ちょっとずつ切り刻んで探していくけど、水穂はしばらく生きているだろうね。そのあいだに話をするよ。ぼくがどんな気持ちで水穂を探していたか。ねぇ、彼女、どれぐらい生きているかな」

「失血によるショック死だろうから、そう長くは生きていないよ」

フランシスコはがっかりした顔をした。わたしは窓の外に目をやった。ネオンが瞬《またた》いて、ここが都会だということがわかる。おそらく事件の起きた六本木周辺なのではないだろうか。

自分一人で闘うことは無理だった。わたしは囚《とら》われて縛られ、目前には素手で男の首をねじり切る大男がいる。この事件で共闘《きょうとう》を約束したあの男の顔を思い出した。またこんなときに小次郎が復活する。幽霊みたいに。何度倒しても起き上がってくる悪夢のようなゲームのゾンビみたいに。ああ、もう。

でも彼の顔しか浮かばない。

奇跡を起こしそうな男の顔は。

わたしは、薄ぼんやりした顔で水穂の死の白昼夢を見ている大男に言った。

「電話をかけたいんだが」

「だめだよ」

フランシスコは抑揚《よくよう》のない声で言った。

「このままわたしが帰らないと所員達が騒《さわ》ぎ出すぞ。そうなればわたしの抱《かか》えていた調査の依頼人を洗い出すだろう。すぐにシッコ……いや、安岡漣《れん》に辿《たど》り着く」

フランシスコは眉《まゆ》をしかめた。「いいよ。誰かに電話して留守にするって言えよ」わたしは後ろ手に縛られた手をほどかせた。携帯電話を取り出し登録してある番号を探す。

「どこにかける?」

「事務所だ。まだ誰かいるはずだから」

本当は誰もいなかった。わたしが帰るとき無人だったのだから、いるはずがない。賭《か》けだった。

わたしは親指で少し画面を隠して電話をかけた。フランシスコが覗き込んでくる。

トゥルルル、トゥル……。

二回めのコールが鳴り終わる前に相手が出た。珍しいな。昔はなかなか出なかったのに……。

「もしもし」

そう言うと、相手が低い押し殺したような声で答えた。

『はい。あまぎ探偵事務所』

携帯電話の画面に少し親指を出して、登録した番号の「あまぎ」のところだけ隠したのだ。フランシスコに見えたのは「探偵事務所」の文字だけ。まさかべつの探偵事務所にかけたとは思うまい。

わたしはなるべく普通の声で言った。

「ああ、わたしだが、しばらく留守にすることになった。悪いがほかの所員にもそう伝えてくれ」

相手は一瞬だけ黙《だま》り込んだ。頭の回転の速い男だ。すぐに事態を察知して話を合わせ
『えぇ〜。いま所長いなかったら大変じゃないですかぁ』と能天気な声を出した。

「わたしの抱えている案件はすべて氷室君に引き継いでもらってくれ」

『そんな無茶なぁ』

「旅行に行くんだ。台湾の沖縄に」

『……なるほど』

フランシスコが電話を取り上げた。通話を切って「もういいだろ」と携帯電話の電源も切ってしまう。

わたしはまた後ろ手に縛られた。たくさんの供え物も縛られていては食べられないのだが、この大男はそれには気づかないらしい。わたしはおとなしくクッションに座り、薄汚れた天井《てんじょう》を見上げた。

気づいてくれよ、小次郎……。

わたしを、助けにきてくれ。昔みたいに。

オレは王女を抱いた。
その肌はじっくり陽に焼けて、そのくせ水分をしっとり含み、
オレの手のひらに吸いついてきた。

小次郎編

#8

【8月5日／小次郎、王女を抱く】

☾小次郎編#8「8月5日／小次郎、王女を抱く」

「探偵さん、寝ちゃったの？」

甘ったるい声がした。オレはソファから半身を起こして「いや」と答えた。セシルが冷蔵庫からミネラルウォーターを取り出して戻ってきて、オレの隣《となり》に座る。白熱灯の光に褐色《かっしょく》の肌がぬめぬめと輝いている。

服を着ているときと脱いでいるときでまるで態度が変わらない。堂々と部屋中を歩き回り、立ち止まり、座る。配電盤の故障で消えない照明にも恥ずかしがる様子がない。不思議な違和感があった。オレ達はつきあいの長い馴《な》れ合ったカップルじゃない。こんなことになったのは今夜が初めてだ。セシルはどこかおかしい……オレは頭の隅《すみ》でそのことに気づき始めた。

セシルはオレの腕の中に潜《もぐ》り込み、ふわふわしたタオルケットに顔をうずめた。オレの視線に気づいて「なぁに？」と訊《き》く。

「いや……」

首を振ると、セシルは興味をなくしてオレから目を離した。

オレの腕の中にいる彼女の肌はひんやりとしていた。事が終わった後、男は冷めて冷静になるが、女はさらにぼうっと夢見心地《ごこち》になる……はずだ。セシルの反応はむしろ男のそれだった。冷静で、オレを受け入れた後もなにも変わっていない。

それとも受け入れてなんていないのだろうか。この子にとっては。

「昨夜、寝言《ねごと》を言ってたぞ」

オレはぼそりと言った。セシルが顔を上げて「わたしが?」と訊く。

「ああ」

「なんて?」

「〝あれは亡き王女のための石〟って。亡き王女ってのは誰だ?」

セシルの動きが止まった。

長いあいだそのまま黙っている。「……セシル?」問うと、静かに顔を上げた。

奇妙な微笑《びしょう》がその顔に浮かんでいた。

「それはわたしよ。探偵さん。わたしは自分を〝亡き王女〟だと思っているの」

「わたしの父はブラジルに山を持っていて、採掘《さいくつ》をしていたの。もちろん、安岡義美ほどの大当たりはしなかったけれど、そこそこの財産ができて、わたしと両親は幾人かの使用人を使って優雅に暮らしていたわ」

セシルはオレから体を離し、ソファの反対側に丸まって座り込んだ。相変わらずなにも身につけず、それなのに服を着ているような振る舞いだった。オレはタオルケットを投げてふわっとセシルを包んだ。セシルは話し続ける。

「やがて母が病気で死んだの。父は悲しんでいたけれど、そのときちょうど、父の山でめずらしい宝石が採掘され始めたの。青緑の輝きをもつ美しい宝石」

「パライバトルマリン」

「そうよ。それが出てきたの。母が天国からわたしたちにくれたプレゼントだと思った。それはそれは美しい石。でも、その騒ぎが起こってすぐに、父が変死した。おかしいと思うまもなく、父の山はどさくさにまぎれて、すでに富豪だった安岡義美のものになってしまった。パライバトルマリンの権利も安岡義美が手に入れ……それからすぐに、宝石は山から出なくなった。たった一年弱のあいだしか採掘されず、パライバトルマリンは幻《まぼろし》の宝石になった。わたしは、安岡が父を殺したせいで魔法がとけたんだと思った。でも、皮肉にもその希少価値のせいで宝石の値が上がり……安岡にさらなる富をもたらした」

セシルの声は小さくなっていった。聞き取るのが困難なほど細い声だ。

「わたしは安岡に引き取られた。父と母に守られた小さな王女だったわたしは、誰にも守られない無力な存在になった。安岡はわたしに興味を持った。幼《おさな》いわたしは抵抗《ていこう》できなかった。その夜に王女は死んだ。体の中心に死の種を植えつけられ、それが全身を蝕《むしば》んでいくようだった。わたしは二度と自分がかつての自分に戻れないことを知った。王女の死を悼《いた》むものは誰もいない。わたしは逃げようとした。でも、この世の果てまで逃げたつもりでも、子供の足ではすぐ連れ戻されてしまう。行政に保護を求めても、安岡の力でもみ消されてしまう。わたしは生き方を変えた。ある夜、安岡に命令してみた。わたしが欲しければ足元にひざまずきなさいと。安岡はそうした。コツをつかめば簡単だった。わたしは安岡を支配することで、さまざまなものを意のままに動かした」

オレはセシルに対して感じていた違和感が少しずつ理解できてきた。彼女は心と体が繋《つな》がっていないのだ。その二つはバラバラに存在していて、心のほうは誰かのものになったことがない。体を切り離した彼女には羞恥心《しゅうちしん》がない。タオルケットがずれてボディラインがあらわになっても、まったく気にする様子もない。

オレは不思議な怯《おび》えを感じた。これはオレの知っている〝女〟じゃない。オレがこれまでかかわった女たちは、オレへの感情が体から溢《あふ》れ出していた。溢れてくる愛情。ぶつけられる怒りや嫉妬《しっと》。匂《にお》うような悲しみ。オレという男への単純で強烈な興味。

セシルには何もなかった。ただ美しい褐色の体がここにあるだけだ。

「安岡の運転手でフランシスコという日系人がいた。彼がわたしに興味を持った。親族や使用人は皆、わたしが旦那《だんな》様のオモチャだと知っていて近づかなかったけれど、彼はちょっと頭がおかしくて、全然そういうことを気にしなかった。わたしは彼が最初ほしがったものを与えた。彼はわたしに、安岡の財産を持《も》って二人で逃げようといった。『じやあ安岡を殺して』そう言った。ある夜、安岡が首を素手でねじり切られて死んだ。わたしは逃げた。グラビア雑誌のモデルをやって急いで旅費を稼ぎ、遠い国に逃げた。でも……」

セシルは言葉を切った。

「でも……フランシスコは追ってきた」

「君を追っているのはフランシスコだけじゃない」

そう言うとセシルはキョトンとした。オレのほうににじり寄ってきて、また猫のように体を寄せる。「遺品《いひん》が消えた。幻のパライバトルマリンが。そのせいだ」オレの言葉にセシルはうっすら笑った。すべすべした褐色の肌が笑うたびにかすかに揺れる。

「あれはわたしのものよ。亡き王女のための石。両親の形見。誰にも渡す気はないわ」

「法律的には……」

「探偵さん、あなた法律なんてものに付き合って生きてるの？　あれはわたしのものよ。ほかの誰にも権利はないわ」

セシルは自分の下腹部を見下ろし、両手でいとおしそうに撫《な》でた。何人もの女達が通り魔に切り裂《さ》かれた場所だ。

「誰かがこれをゲームにした。わたしの意志じゃない。でもわたしは勝つわ、探偵さん。勝負には負けたことがないの……」

セシルはいつまでもいつまでも自分のすべすべした腹を撫でていた。

汗を洗い流そうと風呂場に入り、シャワーを浴びた。体の上をお湯の粒がころころ転がり落ちていくのをぼんやり眺めながら立ち尽くしていた。

シャンプーを流して湯を止め、バスタオルを首に巻いて出る。セシルが壁にもたれて立っていた。

「そういえばさっきの話だけど」

セシルがふと思い出したように言った。

「わたしを追ってるのはフランシスコだけじゃないって、どういうこと?」

「ああ……」

オレは頷《うなず》いた。

「安岡義美の親族も日本にきているらしい。義美の息子、漣《れん》だ。君を探すために、オレの知り合いの探偵事務所に調査を依頼《いらい》した……」

話しながらセシルを見下ろすと、なぜか彼女は不思議そうな顔でオレを見上げていた。

「安岡、漣?」

「ああ」

「そんなはずないわ。どんな男?」

「若い日系人だと言っていた」

セシルは首を振った。「若い日系人……? そんなはずない。おかしいわ」と繰り返す。

「どういうことだ？」

セシルは答えた。

「安岡漣はもう四〇歳になるはずよ。それに病気で寝たきりなの。日本にきているはずがない」

オレは黙り込んだ。

髪からポタポタ水滴が落ちる。

どういうことだ？

脳裏に、弥生の寂《さび》しげな、陶器《とうき》のように青白い横顔が浮かんだ。

弥生……！

おまえの依頼人はいったい……。

オレの顔色が蒼白《そうはく》に変わったとき、部屋で電話が鳴り始めた。

☾小次郎編#9「8月5日／小次郎、弥生をみつける」

電話が鳴り始めた。

オレは受話器をもぎ取るようにして取った。トゥルルル、トゥル……呼び出し音が一回半で止まる。

『もしもし』

ハスキーなしっとりした声がした。すぐに弥生の声だとわかった。オレは小声で「はい。あまぎ探偵事務所」と言った。

弥生は極めて普通の口調で、奇妙なことを言った。

『ああ、わたしだが、しばらく留守にすることになった』

……弥生が留守にしようが結婚しようが子供を産もうが、オレに報告する義理はない。オレ達が別れて以来いっぺんだって弥生から連絡がきたことなどないし……久しぶりにかけてきたのに『わたしだが』なんて名乗り方をするはずもない。

どうも変だ。

弥生は続けて『悪いがほかの所員にもそう伝えてくれ』と言った。

オレの頭はめまぐるしく回転し始めた。ほかの所員……？　弥生はおそらく自分の事務所にかけているふりをしているのだ。なんのために？　しばらく留守にすると言ったな……。

こんな夜中に桂木探偵事務所にかけたって、誰も出やしない。それにあそこでいちばんのエキスパートは弥生自身だ。誰かに助けを求めることもできないだろう。だからオレのところにかけてきた……。

弥生の依頼人、安岡漣《れん》は偽者《にせもの》だ。本物の安岡はブラジルで寝たきりだ。だとしたら……弥生もその事実に突き当たっていたとしたら……。

オレは弥生に話を合わせ、バカ所員のふりをして「えぇ～。いま所長いなかったら大変じゃないですかぁ」と言ってみた。賭《か》けだ。もし弥生が助けを求めているのなら、弥生の返事の中になにかヒントが混ざっているはずだ。

『わたしの抱《かか》えている案件はすべて氷室《ひむろ》君に引き継いでもらってくれ』

「そんな無茶なぁ」

弥生は奇妙なことを言った。

『旅行に行くんだ。台湾《たいわん》の沖縄に』

「……なるほど」

電話は唐突《とうとつ》に切れた。

台湾の沖縄。

オレは頭を抱えてうなった。

「…………なんだそりゃ。どこだ⁉」

オレは急いで、シャワーで濡《ぬ》れたままの体に衣服をまとい、髪も乾かさずに外に飛び出した。事務所の中より路上のほうがまだ涼《すず》しかった。夜だからな……。走り出そうとすると、セシルに呼び止められた。

「探偵さん」

振り向くと、白いサンドレスをきたセシルがドアにもたれていた。褐色《かっしょく》の肌がキラキラ光り、濡れた瞳《ひとみ》は驚くほど大きかった。クラッとするほどかわいらしかった。短めの髪をかきあげて「いつもそうなの？」と甘い声で言った。

「なんだって」

「いつも、一人の女のために別の女をおいていくの？　その繰り返し？」

「……」

「探偵さん、いい人ね」

それきり興味をなくしたように、オレから目を離して事務所に引っ込んでしまった。

女が言う「いい人ね」は誉《ほ》め言葉じゃない。自慢じゃないがそんなこと言われたことはない。

セシルはしばらくしてまた顔を出し「忘れ物」と言ってなにかを放り投げた。

片手でキャッチする。オレの愛用するグロック22カスタムだった。これはグロック22をベースにトリガーガードにレーザーサイトを付けた自慢のオリジナルカスタムで……

って、おい、こんなモノいつみつけたんだ？　隠しといたつもりなんだがな……。

オレは右ポケットに銃をしまって走り出した。

……セシルはもう声をかけてこなかった。

もともと、行かないで、なんていう女じゃあないんだろう。


まず桂木探偵事務所に向かった。夜中の一二時だ。もう誰もいない。

オフィスビルに入ろうとしてふと足を止めた。

足元に紺色のなにかが丸まっていた。よく見ると人間の体のようにも思え始めた。「……おい」声をかけてみる。返事がないので揺さぶってみる。ゆさゆさ揺れるその感じに不吉な予感がし始めた。

体を仰向《あおむ》けにしてみる。

男が目玉を飛び出させて舌をだらりと下げ、死んでいた。そっと胴体を起こすと、首だけが地面に引っ張られているようにガコンと折れ曲がった。

オレの後ろを歩いていたサラリーマンらしい二人連れが、足を止めて叫び声を上げた。片方があわてて携帯電話で警察に通報する。

面倒なことに巻き込まれたくはなかったが、ここで逃げ出したらオレが怪《あや》しいってことになる。仕方なく待っていると、パトカーが二台走ってきた。

降りてきた警官がオレにワーワー聞きながら検分し始めた。犯人扱いするような失礼な態度だが、それはいつものこと……警察機構が持つ悪癖《あくへき》の一つだ。

警官達が交通事故……ひき逃げの可能性から始めたので、オレは眉間《みけん》に皺《しわ》を寄せた。

オレの見たところ、これは交通事故なんかじゃなかった。ほかに外傷がないのだ。あれは首をねじり折られたとしか思えない。しかも素手で……。

運転手のフランシスコが雇い主を殺した事件のことを思い出す。フランシスコは確か男の首を捻《ひね》り折ったんだ。素手でたったのひと捻りで……。

この場を逃れて弥生を探すほうに賭けようと思った。警官達の目をかすめてなんとかしようと考え始めたとき、三台目のパトカーがやってきて、見覚えのある若い男が降り立った。

色白で品のいい顔つき。柔和《にゅうわ》な瞳。

確か六本木通り魔事件の捜査をしていると名乗った刑事だ。犬かなんかを連れていたな……。名前は忘れたが、弥生とも面識はあるはずだ。

オレは刑事を呼び止めた。刑事はオレに気づいて怪訝《けげん》な顔をした。「このビルが通り魔殺人未遂の被害者の勤務先だと気づいてきたんです。無関係ならいいけれど……」と言う。

オレは弥生からかかってきた電話の話をした。そしてフランシスコの話を。刑事の顔色が変わった。

「だけど、検分中のやつらは交通事故じゃないかとか言ってやがる。こんなことにつきあっているうちに弥生の身になにかあったらどうする？　オレは弥生を探しに行くから、適当に言いつくろっておいてくれ」

「……ぼくも探します」

刑事は言い切ってパトカーに戻った。

オレは肩をすくめて、そっと歩き出した。警官達が気づかないうちに裏通りに出て、ちょうどやってきたタクシーを停《と》める。

「……六本木交差点辺《あた》りまで」

オレは少し迷ってから行き先を告げた。

この事件のすべては六本木で始まっている。ばかげた殺人ゲーム。ブラジルから逃げてきた少女。追う男。幻《まぼろし》の宝石。すべて……あの街で起こっている。

弥生が連れ去られたのもきっとその街なのだろうという予感がした。

暗かった街の光が繁華《はんかがい》街に近づくにしたがってギラギラ輝き始めた。街のどこかに弥生がいる……弥生の腹がいくつかの死体のように大きく裂かれて転がっている情景が目に浮かんだ。渋滞《じゅうたい》に巻き込まれ始めたのでオレはタクシーを降りた。人ごみの中を走り回る。弥生がオレに残したヒントを思い出す。〝旅行に行く。台湾の沖縄に〟。なんのことなんだいったい……。

夜明けが近づいた頃、一つの看板をみつけた。小さな店がぎゅう詰めになった雑居ビルが立ち並ぶ小道で、見上げるとわけのわからない看板があった。

台湾エステ〝琉球《りゅうきゅう》〟。

ずいぶん適当な店名だった。おそらく経営者が外国人で日本語が中途半端《はんぱ》にしかわからないのだろう。赤いネオンが瞬《またた》いている。

この店か？

いや、この看板が見える場所か？

オレは反対側を振り返った。じめじめした小汚い雑居ビルがあった。怪しげなスナックや有限会社が入った六階建てのビルだ。オレはゆっくりと薄暗く狭い階段を上り始めた。右手をポケットに突っ込み、グロック22カスタムを確認する。

弥生の気配を感じたような気がした。……気のせいかもしれない。

二階のドアの前についた。潰《つぶ》れたスナックだかクラブだかの看板が落ちていた。何かを引きずって入れたような跡がドアの前から店の中に続いていた。まだ新しい。

オレはドアを蹴破《けやぶ》って中に転がり込んだ。


同時に、こちらに背中を見せていた大男が振り返った。

肩幅がいやにあって腕も足も尋常《じんじょう》ではないぐらい太い。丸太のようにしっかりした首に、左から右にかけて走る大きな切り傷が見えた。

「……フランシスコか」

オレの声と同時に、男が唸《うな》り声を上げてこちらに向かってきた。ステップを踏《ふ》んで左にずれると、男はさっきまでオレのいた位置に体当たりする。ドアが割れて外廊下に飛び散った。男は振り返りまたオレに向かってくる。何度かステップで避けると、そのパターンを覚えたらしく、オレの手前で睨《にら》みあう。どちらに動くか計っているらしい。

オレの背後からメンソールの匂《にお》いがした。横目で見ると、クッションか何かに座っている細い影が目に映った。

「弥生？」

か細い声が返ってきた。

「ここにいる」

「無事で何よりだ」

「すまない、巻き込んで」

「好きできたんだ。気にすることはない」

フランシスコが唸り声を上げながら飛びかかってきた。そろそろやるか……。オレは今度は避けずにフランシスコを迎えうった。わずかに左にステップして重心をずらし、右拳を大きく引いて、フランシスコの顔面にパンチを一発ぶち込む。

オレの腕力なんてモンはたいしたことない。力ってのはたいがいの場合、ある程度体格に比例する。こんな大男と力でぶつかっても張り合いようがないのだが、頭は使いようだ。突っ込んでくるヤツの勢いを利用すれば力は何倍にもすることができる。

フランシスコは鼻から下を血だらけにし、何ごとかわめいた。鼻骨《びこつ》が砕けたらしい。

鼻柱《はなばしら》が歪《ゆが》んだせいでさっきとは顔の印象が変わっている。なおも両腕を伸ばして向かってくるフランシスコに、オレは銃を抜き、銃口をヤツの胸に向けた。

「おまえの流した噂《うわさ》のせいで、腹を裂かれて死んだ女達を思い出せよ。そいつらはもっと痛い、もっと苦しい思いをして死んでいったんだ。抵抗するなら、オレもおまえの腹に石を一発ぶち込んでやるぜ？　宝石の代わりに鉛の石をな」

「水穂を……」

フランシスコは銃口を見もせずにこちらに向かってきた。その様子にオレは気づいた。ヤツは理性を、もしかしたら正気を失いつつある。恐怖心をなくすってのは、普通の精神状態じゃできないことだ。「水穂を……」呟《つぶや》きながらオレにのしかかる。弥生の悲鳴《ひめい》が聞こえる。フランシスコは血だらけの手をオレの首にかけて動かした。締める仕草に見えたので対処しようとしたが、ちがった。やつはグルリと首を回してねじ切るつもりらしい。フランシスコの体がオレにのしかかる。弥生がまた悲鳴を上げる。

オレは後ろに引いた右ひざを腰を入れて前に突き出し、ヤツの鳩尾《みずおち》にめり込ませた。空気が漏《も》れるような音がして、フランシスコはズルズルとその場に崩《くず》れ落ちた。

「水穂を……返せ………」

くぐもった声が聞こえた。

「あの女はやめておけよ」

オレは小声で言った。

「いい女だが、くせものだ。ハマるとろくな目にあわないぜ」

パトカーのやってくる音が聞こえ始めた。弥生の携帯電話で呼んだのだ。ぐったりしている弥生を支えながら待っていると、やがて制服の警官が数人駆け上がってきて、フランシスコを連行していった。

弥生に対する監禁《かんきん》罪と警備員に対する殺人罪。そして地球の反対側の国での殺人容疑がある。後は警察に任せたほうがいいだろう。

オレと弥生は同じパトカーに乗せられて六本木署に行くことになった。さっきの若い刑事が走ってきて、オレに目だけで軽く会釈《えしゃく》し、ついで弥生に声をかけようとした。弥生は刑事がやってきたのを見ても反応しなかった。オレの腕にしがみついて目を伏せている。

その顔を見て、刑事は弥生に言いかけた言葉を飲み込んだ。何か複雑なものを含んだような顔をして再びオレを見た。やがてきびすを返して歩き去った。

弥生と二人でパトカーに乗り込む。ドアが閉まり、運転席と助手席に刑事が一人ずつ乗り込む。パトカーってのは前方のミラーが後部座席に乗った容疑者の顔を映す角度に据えられている。ミラーを見ると、助手席に乗ったのはさっきの若い刑事だった。目があうと向こうが先にそらした。

「小次郎」

　弥生が顔を上げ、色っぽいハスキーな声で言った。オレはミラーから目を離し、弥生を見た。弥生は熱っぽいような不思議な表情をしていた。まださっきの興奮《こうふん》がとけないのだろう。疲れと興奮が入り混じった顔をしている。

「なんだよ」

「……ハマッてろくでもない目に遭《あ》ったのか？」

　オレの心臓がドクッと鳴った。

「えぇっ。なに言ってんだよ、何の話だよ。ｔｏ《ト》ｔｏ《ト》か？　ロト６《シックス》か？　スロットか？

　オレは賭《か》け事やんねーぞ」

「なにわけのわからないことを言ってるんだ」

「……」

「女の子の話さ、小次郎。いや……悪かった、もういい」

　オレは黙り込んだ。

　鼻腔《びこう》を二つの匂いがくすぐった。そばにいる弥生のメンソールの匂い。いまここにはいないセシルの甘いからみつくような体臭。

　セシルの肢体がよぎり、フランシスコの血の匂い、格闘の後の興奮、さまざまなものが脳裏《のうり》をよぎっていった。窓の外を流れていく景色のように。ミラー越しに若い刑事がオレを見ている。オレを笑っているような、共感しているような、責めているような、なんだかよくわからん目つきだ。

弥生がコトンと力を抜いてオレの肩に頭を預けてきた。さらさらのロングヘアがオレの胸にかかった。

オレはそっと弥生の肩を抱いてみた。

昔より痩《や》せた、か細い感触。

オレはなんだかたまらなくなった。

「ろくでもない目には、ときどき遭ってるさ。昔からな……知ってるだろ?」

返事はない。

「弥生、オレ達は……」

言いかけて、かすかな声に気づいた。すすり泣きを堪《こら》えるような声。

顔を覗《のぞ》き込むと、青白い陶器のような頬《ほお》に、涙が一滴ほろほろっとこぼれてきた。

……オレはどうしたらいいんだろう?

オレにもたれて、ズボンの端《はし》を細い長い指で軽くつかんだまま、弥生は動かない。

このままパトカーが警察署につかなければいい、と思った。

この車を降りれば、また、弥生は永遠に去ってしまうのだろう。そのことを思うと、オレの胸に哀しみが静かにおしよせてきた……。

☾小次郎編#10「8月7日／小次郎、まりなにあきれる」

「ただいま」

……女の声がした。

「た、だ、い、ま。ねぇ、ねえったら」

うるさい。

「大変だわ。探偵事務所に出勤したら所長の変死体が。……確かこんな出だしの推理小説があったわね。なんだったかしら」

「『女には向かない職業』だろ。女探偵物の金字塔《きんじとう》だ」

もそもそと返事して、オレは目を開けた。

「まったく。誰が変死体だ、誰が……」

うめきながら起き上がる。背中にびっしょり汗をかいているようだ。

ポニーテールにした色素の薄い髪がこちらに垂れ下がっていた。つり気味の大きな瞳がオレを見下ろしている。

助手の氷室恭子のご帰還《きかん》だ。「旅行は楽しかったか？」と言いながらソファに身を起こし、氷室を見る。

「あれ、おまえ焼けてないな。南の島に行くって言ってなかったか？」

「台風に遭《あ》ったのよ。毎日免税店で買い物してたわ。はいこれお土産《みやげ》」

笑い出したオレの顔にチョコレートの箱が激突した。氷室が投げたらしい。

「あのなー、オレは甘いもの食わねぇんだよ。何度も言ったろ?」

「そうだったかしら?」

氷室は不思議そうにこちらを振り返り、あまり気にせずにトントントンと事務所の階段を上がって、コンピュータのあるロフト部分に去っていった。オレはため息をついた。

氷室恭子は、色気があることはあるんだが、女としてガコッと大きく抜けている部分がある。いつまでたってもオレの生活習慣を覚えないし、覚える気もない。食えないお菓子を買ってきたり、使わないリンスを買ってきたりする。そのくせいつも側《そば》にいて、いつのまにやら事務所の助手だ。

ロフトの上から「あっ、誰かが適当にいじったからコンピュータが壊《こわ》れてる」と声がした。オレは配電盤の故障のことも同時に思い出した。

こそこそ立ち上がり、ドアに向かう。「ちょ、小次郎、どういうことなの? いろいろ壊れてるし、たった十日間でこんなに……あ、どこいく気よ? 小次郎!」オレはあわてて外に出た。

帰る頃にはコンピュータも直ってることだろう。そしたら氷室を誘ってうまいメシでも食いに行こう。

うん……それがいい。

倉庫街を抜けたところに小さな公園がある。その前をブラブラ通り過ぎようとしたとき、公園の反対側の道路から誰かが手を振った。

赤みがかった髪にシャギーをいれて、デニムのミニスカートから見事に肉感的な足を見せている。足元にはビーズ刺繍《ししゅう》のおもちゃみたいなミュール。

「はろはろ〜、小次郎」

「なんだ、おまえか」

言いながら公園を突っ切り、法条まりなに近づいていく。法条は「いまちょうどあんたのとこに行くとこでさ……」と言いかけ、不思議そうにオレの手元を見た。

「なんでチョコレートもって歩いてるの？」

「あ」

忘れてた。氷室から受け取って、そのまま手にもったままだったらしい。オレは「やるよ」と法条にチョコの箱を押し付けた。

「あ、これ、いちばん高いやつよ。やった、ラッキー」

二人でベンチに座る。法条は喜んで箱を開け、食べ始めた。オレは立ち上がって自動販売機から冷たいお茶を買い、戻ってきた。一本を法条に渡すと、法条は口をチョコでいっぱいにしたまま「はひがと」と言った。

「おまえ、海外研修に行くんじゃなかったっけ」

「明日から──」

「あ、そ」

法条は頷《うなず》いて「も、大緊張。現場に復帰するの久しぶりだし、いままで生徒に教えてたこと、自分ができるか心配でさ。夜も眠れないしご飯も喉《のど》を通らないわ」と大嘘《おおうそ》をついた。そんなタマじゃないことはもちろんみんな知っている。オレは苦笑して「ま、せいぜい素敵なおじさまをみつけて帰ってこいよ」と言った。

「あはは。それもあったわね」

「若い男はいやなんだろ?」

「いやってわけじゃないけど、やっぱり、ズーンとくるのはおじさまなのよねぇ」

長い足をベンチから投げ出すようにして組み、考え込んでいる。

どこからかセミの鳴き声が聴こえ出した。こんな都会にも四季はあるらしい。少し涼《すず》しい風が吹いてきてオレの前髪を揺らした。法条はこっちを見て「あ、いまちょっと目が見えた」と笑った。

また風が吹く。雨の前触れだろうか。少し湿気を含んだ涼しい風だ。

「弥生に逢《あ》ったぞ」

ぼそっと言うと、法条はちょっと肩を揺らした。さりげなさを装って「どうだった?」と訊《き》く。

「どうってこともない。相変わらずだ」

「……そっかぁ」

「一応、謝っといたぞ。おまえの代わりに。だけど、自分もグーで殴ったしおあいこだって言ってた」

法条はポカンとした。

「それは順番が違うわ。わたしが弥生に無茶苦茶言って、弥生が怒ってグーで殴って、そのあとわたしが弥生を脅《おど》かして、だもん」

「……は？」

オレもポカンとした。

「弥生を脅かして、ってなんだ？」

「何にも言ってなかった、彼女？」

「ああ」

法条は恥ずかしそうにうつむいた。「いや、あのさ。タクシーに乗ったときは納得してたんだけど。わたしが最初に無茶苦茶言って怒らせたせいだしって。でも酔ってるし、だんだん、グーで殴られたのがムラムラ腹立ってきてさ。そしたら甲野《こうの》本部長から、やっぱり明日の朝でいいやって連絡がきたから、よーしって思って途中でタクシーを降りて、弥生を追ったわけ」オレは段々いやな予感がしてきた。

確かあの日。法条と別れてから弥生は……。

あれに遭《あ》ったんだよな。

法条はそんなオレの顔色に気づかず、話を続ける。

「弥生、横道に入っていくから、そーっと後をつけてさ」

「な、なんで?」

「仕返しに、桜庭《さくらば》和志の恥ずかし固めをかけてやろうかと思ってさ」

「……女にか!?」

「だって酔ってたのよ!」

法条はなぜか怒り出した。

「で、弥生を追いかけて、後ろから技をかけようとしたら……弥生のやつ、すんごい悲鳴上げてさ。あれじゃわたし、チカンみたいじゃない。あわてて逃げようとしたら、通りすがりの大型犬にガブッとかまれちゃってさ。見てよ、この歯型!」

法条はシャツの袖《そで》をめくって、二の腕にしっかりついた犬の歯形を見せた。

オレはしばらく黙っていた。

太陽が燦々《さんさん》と照りつけてオレの頭を沸騰《ふっとう》させていく。

やがて、力なく言った。


「おまえだったのか、犯人は」

「え?」

　法条はポカンとしてオレを見返した。

　世間を騒がせた通り魔殺人事件は、噂《うわさ》を流した本人、フランシスコの証言から捜査が進み、複雑の青少年が逮捕された。被害者はみな、噂を信じて〝殺人遊戯《デス・ゲーム》〟に参加した別々の男達に殺されたらしい。殺害方法の微妙な違いなどから捜査本部では犯人別人説が元々出ていたらしかった。

　ただ、弥生を襲った通り魔だけがみつかっていなかった。どの容疑者もその時間にはアリバイを持っていた。捜査は滞《とどこお》っており、おそらく……。

　おそらく弥生はいまも不安を抱《かか》えているのではないかと思う。自分は誰に襲われたのだろう、と。

　オレは、事態を知らずにキョトンとしている法条に「最近、弥生に会ったか?」と訊いた。

「全然。お互い忙しいから、隣に住んでても行き違いばっかりで。ご飯作ってくれないかなーと思ってピンポンしても、いっつも留守だし」

「弥生の飯はうまい」

「そーなのよ。でも最近ごぶさた」

「ところで法条、おまえ新聞読んでるか?」

　法条はポカンとして「ここ何日か読まずに玄関にたまってるな。なにしろ出発前で忙しくて」と言った。

「でも、なんで？」

「おまえは重大な事件の犯人だ」

「へ？」

それからオレは、嚙《か》んで含めるように、法条に事態を説明した。通り魔殺人にかかわる調査のこと。容疑者達が逮捕《たいほ》されたこと。弥生もまた通り魔殺人未遂《みすい》の被害者として知られていること。

法条の顔が、下から上に、ずん、ずん、ずん……と青くなっていった。

「わかったか、状況が」

「わわわ、わかった」

法条は立ち上がった。

それからオレの腕にしがみついた。

「な、なんだよ」

「小次郎、ついてきて」

「どこに？」

「弥生のとこ」

「なな、なんでオレが。一人で行ってこいよ、男らしく」

法条はしばらくうんうん唸《うな》っていて、ようやく覚悟したように「……了解しました。法条捜査官、さっそく行ってまいります」と言った。……顔が引きつっている。

空になったチョコレートの箱をゴミ箱に投げた法条は――だいぶ距離はあったのだが一発で見事に着地した――オフィス街にむかって歩き出した。

ぎくしゃくした歩き方だが……だいぶ動揺《どうよう》しているようだが……。

オレは同情する気にはなれなかった。今回ばかりは、自業自得《じごうじとく》だ。


一人になって、飲み残しのお茶を手にぼーっと空を見上げた。

いまごろ、氷室恭子はキーッとなりながらも事務所の中を片付けているだろう。

桂木弥生は、てきぱき仕事をこなしながら、ときどき手を止めては煙草《たばこ》に火をつけ、くゆらしているだろう。

法条まりなは出発を控えて、いつにも増して多忙なのだろう。

セシルは……あれきり姿を見せなかった。フランシスコが身柄を拘束《こうそく》され、あの街では急速に亡き王女をめぐる殺人遊戯《デス・ゲーム》がすたれ……もう危険はない。どこにでもいける。

〝いい人〟にはもう用はないのだろう。

そしてオレは……ここにいて、夏の眩《まぶ》しい青空を見上げている。

それぞれがそれぞれの時間に戻っている。

ポケットから携帯電話を取り出した。しばらく眺めてまたポケットにしまう。

声を聞きたい相手がいた。

あの夜は確かになにかを取り戻したと思った。

だけどやっぱり、パトカーが警察署について、降りた辺りから、魔法は解け始めていた。

きっと一二時を過ぎたのだろう。馬車もカボチャに戻る。オレ達も再び他人に戻る。

弥生はまたもとのそっけない彼女に戻った。別々の部屋に入り、刑事に事情を聞かれて……それが終わると、オレは一人で帰った。弥生を待つことはできなかった。

オレは、拒絶されるのが怖《こわ》かったんだ。

それでもまだ、弥生とオレの仲は完全には終わっていない気がしている。またすぐに会えるような気がしている。同じ街に住み、同じ仕事をしていて……近いうちまた顔を合わせる気がする。

そんなことを繰り返すうち、何かが変わる日がくるかもしれない。

オレはそんなふうに思った。

その日、中村刑事が訪ねてきた。
わたしは断りの言葉を探していたけれど、
彼は、聞く前から結末に気づいていたようだった……。

弥生編

#10

【8月7日／弥生、まりなにあきれる】

☾ 弥生編#10「8月7日／弥生、まりなにあきれる」

「……以上、六本木連続通り魔殺人事件のご報告です」

わたしは頷《うなず》いた。

いつもの桂木探偵事務所奥の所長室。わたしはいつも通り、ユニマットのコーヒーをブラックのままますすりながら、片手にメンソールの煙草《たばこ》をくゆらして座っている。

向かい側に用意した来客用の椅子《いす》には、中村由朗刑事が腰掛けていた。わたしがかかわったこの事件について、わかっているところまでをわざわざ報告しにきてくれたのだ。

本来なら、たとえわたしが署に出向いたとしてもここまで説明してはくれないだろう。これは彼の個人的な好意なのだとわかっていた。それがとても心苦しかった。

中村刑事の説明では、フランシスコ――フランシスコ・ユリウス・田辺《たなべ》という日系二世だった――は警備員に対する殺人罪、わたしに対する拉致監禁《らちかんきん》罪のほか、本国での安岡義美に対する殺人罪で、二国で裁《さば》かれることになるようだった。通り魔殺人に関しては、彼の流した噂《うわさ》を信じた日本の若者達がやったこととして、複数の青少年が容疑者として浮かび、逮捕《たいほ》、起訴《きそ》されることになるらしい。すでにすべての通り魔殺人において容疑者が浮かんでいた。

ただ一件だけ……わたしを襲《おそ》った未遂《みすい》事件だけを残して。

やつは女性だった、というわたしの証言は捜査本部でもあまり重要視されていなかった。はっきり見たわけではないし、かなり動揺《どうよう》していたし、ということらしい……。

説明し終わった中村刑事がコーヒーに手を伸ばした。「冷めているようなら新しいのを入れるけれど」と言うと頷いた。わたしは彼のコーヒーカップを受け取って、事務員を呼んで新しいのに変えてもらった。

「ぼくがあの場にいたこと、気づいてましたか？」

中村刑事が急に言った。

「えっ？」

「あなたが救出されて、パトカーで六本木署まで送られたとき」

「あのとき……あなたがいた？　気づかなかった。どこに？」

「同じパトカーの中に」

びっくりしたわたしの顔を見て、中村刑事は目尻を下げて笑った。

「助手席に乗ってました。あなたと、彼の……様子も見ていた」

彼って誰だ？　と思った。中村刑事が答えた。

「天城小次郎。あなたの元部下」

「部下じゃない。同僚《どうりょう》だ。所長代理を兼任していた」

「ぼくには部下にも同僚にも見えなかった。実質的にはあなたのボスだと思った。離れているいまも。彼はあなたを助ける。あなたは彼を信じる。彼がボスだ。あなたの人生の」

わたしは沈黙《ちんもく》した。

煙草をもみ消す。新しいのに火をつけて大きく吸い込む。中村刑事は「立ち入ったことを言った。すみません。ただ、ぼくはあなたの気持ちに気づいたので、それで……」

声が小さくなりやがて消えかけた。

また顔を上げて何か言いかける。

そのとき、ドアがバーンと開いて、なにか大きなものが部屋に飛び込んできた。

中村刑事に激突し、彼を窓際《まどぎわ》までふっとばす。何ごとかと目を見開くと、見事な脚《きゃく》線美《せんび》が見えた。

「なにやってんだ、まりなだ、まりな。闘牛の真似か？」

「弥生！」

まりなが叫んだ。

「弥生……ごめんちゃい!!」

「は？」

まりなは、来客がいるのに気づくと、わたしの耳に唇を近づけて内緒話になった。こそこそと何か話している。よく聞こえない。

「え？」

「だからその……」

「な、な、な………」

「ごめん！　全然知らなかったの。新聞読んでなくてさ。そのつもりで小次郎に伝言したんだけど、うまく伝わってなくて」

「な、お、お……」


わたしは大きく息を吸い込んだ。

あまりのことに目の前の情景が揺《ゆ》れて見えた。

その中心で、まりなが両手を合わせて、震《ふる》えながらわたしを拝《おが》んでいる。

「弥生、一生分のゴメン！　もう二度としません。許して!!」

「ま、ま、まりな。おまえ、おまえって、やつは……」

ぷちっ、と何かが切れる音がした。

多分、堪忍袋《かんにんぶくろ》の緒《お》の音だろう。

わたしは座っていた椅子を持ち上げた。まりなが「うわぁぁぁぁ」と叫んで浮き足立った。「めったに怒らない人が怒ってるとすごくこわいぃぃぃぃ……」呟《つぶや》きながら逃げ場を探している。

窓際に吹っ飛んでいた中村刑事が、顔を上げてまりなをみつけた。

「あ」

その声にまりなが振り返る。

「あっ」

まりなも呟いた。どうやら知り合いらしい。

わたしは椅子を下ろして、乱れた髪と襟元《えりもと》を正した。「知り合いか？」と訊《き》くと、まりなはうれしそうに頷き、中村刑事は悲しそうに首を振った。

「あ、なによその態度。法条先輩を忘れたの？」

「忘れるもなにも、ぼくの愛犬に油性マジックで眉毛《まゆげ》書いたり、天上天下唯我独尊《てんじようてんがゆいがどくそん》って書いたり、嫌がらせの限りを尽した法条先輩じゃないですか」

「かわいがってたのよ。あ……ライカ元気？」

「おかげさまで。じゃあ あの、ぼく失礼します」

……どうやら中村刑事はまりなの後輩らしい。わたしのほうを恐ろしいものでも見るような目で見て「法条先輩とお知り合いですか」と訊く。

「知り合いも何も、古い付き合いだ。もう十年以上になる。部屋は隣だし、まぁ妹みたいなもんだ」

「ひぇぇ……」

逃げようとする中村刑事にまりながなおも追い討ちをかけようとする。わたしは彼がかわいそうになって、まりなの耳を引っ張った。

小声で囁《ささや》く。

「通り魔事件の犯人、引き渡すぞ。彼は担当の刑事だ」

まりなはぴたりとおとなしくなった。

急に行儀がよくなったまりなを、中村刑事は気持ち悪そうに横目で見ながら帰っていった。

事務所の出口まで送る。中村刑事は振り返って何か言いかけた。

わたしは言わせなかった。

あのとき……パトカーに乗ったとき、小次郎をすごく近くに感じていた。とても幸せな、まどろむような気持ちだった。

別の男の人と付き合って、少しずつ好きになっていくことがあるかもしれないと、その前までは思っていた。でも、現実の小次郎の存在は、そんな計算を吹き飛ばしてしまった。

いつか彼以上に……天城小次郎以上に愛せる人が現れたらいいと思う。だけどそれがいつのことかはわからない。

いまではないのだと思った。

　いまわたしは何もしたくなかった。新しいことは何も。

　中村刑事はしばらくわたしの顔を見ていて、ただコクリと頷き、出て行った。

「……いい雰囲気だったのに」

　いつのまにかまりなが横にきていて、わたしの肩に顎《あご》を乗せながら呟いた。

　振り向くと、すごく近くにまりなの大きな瞳があった。わたしは目をそらした。

「自分がぶち壊《こわ》したとは思わないのか？」

「なーによ、それ。断っちゃったの？　あきらかに弥生に気がありそうだったのに。ふーん……なるほどねぇ」

　まりなは呟いた。

「なんだよ？」

「そういや弥生って、あいつの初恋の婦警に似てるわ。昔っからこの手のクールビューティに弱いのよねぇ。しっかりしてる女に、意外とか弱いところを見せられると、コロッと参っちゃうの。ぼくがあの人を守りたい……って。純なやつなのよね」

「へー」

「あいつで何か問題あったわけ？　確かこないだ警部補の昇進試験も受かったたし、そろそろ本庁に戻ってくるだろうし。出世頭よ」

「恐ろしい先輩の友達とは、お付き合いしたくありません、だってさ」

「またまた」

まりなは軽く受け流した。壁時計を見上げて「お昼食べに行こうよ」と言う。

わたしは頷いて、煙草と財布を手に取った。

オフィス街を少し離れたところにあるオープンカフェ。

食後のアイスティーを飲みながら、表通りのアスファルトをじりじり焼きつけるきつい陽射《ひざ》しをぼんやり見ていた。

まりながふと言った。

「まぁ、焦《あせ》んないでいいわよ、弥生」

「ん？」

「一つのことを吹っ切ってから、次に進むほうが正解なのかも。それぞれのやり方があるもんね。だから、つまり……」

まりなはこちらを見て小首を傾《かし》げた。

「いまできることをすればいい。ゆっくりでいい。わたしはずっと、あんたを見守ってるから」

わたしはしばらくまりなの顔を見ていてから、微笑《びしょう》した。

「……そうだな」

「そうよ」

陽射しは相変わらずきつい。
わたしは……。
わたしは、この街のどこかで、同じ陽射しを浴びているはずの小次郎のことを想った。

「わたしの魂が、救われるようにね」
と、セシルは言った……。

EPILOGUE

エピローグ

成田エクスプレスが滑《すべ》るように疾走《しっそう》して空港に向かっている。

オレは憂鬱《ゆううつ》な、それでいて少しはしゃいでいるような、微妙な気分でシートに腰掛けていた。

季節はずれの夏休みを取った家族連れやカップルもちらほらいるが、車内にいるほとんどはスーツにアタッシェケース姿のビジネスマンだった。こんな時期に海外に行こうとするなんて仕事がらみがほとんどなんだろう。

オレはガラス越しに窓の外の景色を見た。秋の気配《けはい》が濃厚《のうこう》に漂《ただよ》う穏《おだ》やかな陽射《ひざ》しの空。外はきっとまだまだ蒸し暑いが、真夏ほどじゃないだろう。

列車がゆるやかに空港に滑り込んでいく。オレは、ビジネスマン達が颯爽《さっそう》と降りて空港内を早足で歩き出すのを見送った。一番最後に立ち上がり、成田エクスプレスを降りてゆらゆら歩き出す。

南米行きの便なんてのは空《す》いてるんだろうな……そう思いながら足を止める。

時計を見るとまだ時間に余裕があった。コーヒーでも飲むか……。ビジネスマンで溢《あふ》れかえる手近のコーヒーショップを避《さ》けて、レストラン街の奥まで彷徨《さまよ》う。和風の甘味《かんみ》屋《や》をみつけて、ここなら空いているだろうと中に入った。

甘味屋はガランとしていた。「お好きな席へどうぞー」とやる気のなさそうな店員の声がして、オレは衝立《ついたて》の向こうにある大テーブルに向かった。

　座ろうとして、視線を感じ、振り返る。


「……はーい、探偵さん」


セシルがいた。

百合《ゆり》とかすみ草が飾られた花瓶《かびん》の向こうに、セシルの笑顔があった。髪は少し伸びて耳にかけている。黒のロングスカートにエナメルが光るサンダル。薄く化粧をしたその顔は、眉《まゆ》を細く整《ととの》えているせいかずいぶん大人っぽく見えた。

　オレを見上げる大きな濡《ぬ》れたような瞳《ひとみ》にも、かつてよく見た表情は浮かんでいなかった。不安そうな、子供のような、そのくせたちの悪い遊び女のような、とらえがたかったあの表情。いま目の前にいる彼女は落ち着き払って、どんな表情もオレには読みとれなくなっていた。

　知らない女のように感じた。

　オレが知っているのは〝セシル〟。いま目の前にいるのは、きっと本来の彼女……山下水穂なんだろう。

　彼女はにっこり微笑《ほほえ》んでオレに話しかけた。

「やっぱり気があうわね、探偵さん。こんな広い空港でおなじ店に入るなんて」

「出発時間までまだ余裕があると思って、な……」

「わたしも同じよ。ふふ……」

セシルは……山下水穂は笑った。

「きてくれたのね、探偵さん」

「そりゃ、あんな葉書がきたら、気になるさ」

オレはポケットから葉書を出してテーブルに置いた。注文を聞きにきた店員にアイスコーヒーを頼み、セシルの隣に座る。

葉書には水の中をゆらめく金魚の絵がついていた。横にボールペンで走り書き。『王女が王国に帰ります。さよなら、探偵さん』フライト時間が書いてあり、最後にセシルの署名があった。

葉書が着いたのが昨日の夕方。

オレは少し迷って、それから、セシルを見送ることにした。

「帰国してどうするんだ？」

アイスコーヒーが運ばれてくると、オレはグラスにストローをさしながら訊《き》いた。「着いてから考えるわ」と山下水穂は答え、どこか暗い顔つきでテーブルに目を落とした。

「もうわたしを追いまわす者はいない。過去の亡霊《ぼうれい》は去った。それにわたしには幸運のお守りがあるわ」

「お守り?」

「それを持つ者におそろしい幸運とおそろしく非凡な人生をもたらすといわれる幻《まぼろし》の宝石。パライバトルマリン」

「……」

オレは山下水穂の顔を凝視《ぎょうし》した。水穂はオレをまっすぐに見返した。

「……やっぱり君が持っていたのか」

「そうよ」

「どこに?」

「ここに」

山下水穂はオレの手を取って自分の下腹部に誘った。すべすべした肌の感触《かんしょく》がスカートの生地《きじ》を通して伝わってきた。

水穂が囁《ささや》く。

「ここにあるわ。何年も前からね。だからわたしは自分の幸運を信じていたの。おかしなゲームが始まっても、自分が死なないとわかっていた。だって宝石があるんだもの。わたしはずっとツイているはずよ。その証拠に、探偵さん、あなたに会えたわ。あなたはわたしを助けてくれた。ありがとう、探偵さん」

オレの手をそっと自分から離して、膝《ひざ》の上に戻す。

オレは深い深い吐息《といき》をついた。

「その〝ありがとう〟は〝さようなら〟って意味だろう?」

水穂は答えなかった。大人びた微笑《びしょう》を浮かべ黙っている。

「これからどうするんだ?」

「ブラジルに戻って、わたしの王国を造るわ。何かを成し遂《と》げてみせる。わたしの……」

瑞穂は小声になった。そして内緒話でもするように、オレの耳に唇を近づけ、囁く。

「わたしの魂が、救われるようにね」


山下水穂の乗った飛行機が飛び立つのを、てすりにもたれてぼんやり見送った。彼女がセシルだった頃……あの事務所で迷子《まいご》の小猫みたいに丸まってオレの帰りを待ち、オレの追及をかわして何も知らないと言い張っていた頃を思い出した。たった数週間ほど前のことなのに、遠い昔のように記憶がかすれてきていた。

昔、セシルって女に逢《あ》ったことがある。すげぇかわいい子だった。いまはもういないけど。

……そんな気分だ。

飛行機が小さくなり、秋の空高く高くに消えそうになったとき、携帯電話が鳴った。

「はい、天城」やる気のない声で出ると、助手の氷室恭子の不機嫌そうな声が聞こえてきた。

『小次郎、どこにいるの?　依頼人が待ってるのに』

「あー、そう」

『なにが、あー、そう、よ。忙しいんだから、早く帰ってきて』

「はいはい、帰りますよ……ところでそれ、どんな依頼だ？」

氷室は、当たり前でしょ、という口調で言った。『夫の浮気調査よ。あ、それと、ペットの秋田犬がいなくなったって大騒ぎしてる人がきてる。小次郎の知り合いらしいけど』やっぱりそんなとこか……オレは唸《うな》った。

浮気調査とペット探し。

またしばらくは地道な仕事が続くってわけだ。

まぁ、夜中にふるいつきたくなるような美少女が訪ねてきて「助けて」なんてことは、そうそう頻繁《ひんぱん》には起こるまいが……。

オレは『小次郎、聞いてる？』と騒ぐ氷室にはいはいと返事をして、電話を切った。

秋の空を見上げる。一瞬、亡き王女の面影《おもかげ》が脳裏《のうり》に浮かび、流れる雲とともにどこかへ消え去っていった。

そしてオレは、あまぎ探偵事務所に戻るために歩き出した。

あとがき

ファミ通文庫読者の皆さん、EVEシリーズファンの皆さん、お久しぶりです。桜庭一樹（山田桜丸）です。

前作である「EVE　ZERO」オリジナルストーリーのときは山田名義だったのですが、今回からこちらに変えました。混乱させてましたらすみません。

もともと山田のほうでゲームシナリオの仕事をやらせていただいているのですが、桜庭で「えんため大賞」佳作をいただいてから小説のほうはこちらで……なんだか自分でわかんなくなってきた。説明がへた？

とにかく、本名も含めると三つも苗字《みょうじ》があるので、誰かに電話したときもその人にとって自分が誰サンなのかわからなくて言いよどんでいるうちに無言電話と思われて切られてしまったりとか、うっかり美容院をペンネームで予約して、店に着いてから受付でゴチャゴチャになったりとか、実家に帰ったら親も混乱していて間違い電話（米子西高校の鈴木君いますか、とかいう電話）をわたしに取り次いだりとか……わけがわからなくなったので、これからは桜庭一樹に統一しようかと思い、担当編集の森丘さんと相談しましてこうなりました。よろしくお願いします。

さて、EVEシリーズのオリジナルストーリーも二作目ですが、前回は読者の皆さんからたくさん応援のハガキをいただきまして本当にありがとうございました。一通ずつ何度も読み返してちょっと涙を浮かべたりしていました。

概ね《おおむ》、桂木弥生さんがやはり愛されているようで、自分も彼女が大好きなので「弥生頑張れ！」「やっぱり小次郎には弥生サン！」といったメッセージをうれしく読んでいました。

それで今回は弥生の小次郎への思いを前面に出して書いてみました。氷室恭子はちょっと邪魔（？）だなぁ（いやいや弥生にとっては）と思って海外旅行に出してしまいましたが、書いているうちになぜか氷室のことも好きになってきてしまい、最後に帰国してあまぎ探偵事務所に登場させてしまいました。

書きながら「初恋も強いけれど、ずっと側にいる女も強いよなぁ」などと独り言を言ってしまったり……。うーん、小次郎は結局誰を選ぶんだろう？

現実ではこういう場合、ひょろっと現れた新キャラの女の子（たいがい若くて天然キャラ）がひょろひょろっと彼をさらってゴールインしたりするんだけど、小次郎ファンとしてはそれは許せない。いや許さない。うーん、どうなる⁉

さて、このストーリーは「ＥＶＥ　ＴＦＡ」の約一ヶ月前のストーリーとして書き起こしました。今回もまた、執筆に当たって関係各位の皆様に大変お世話になりました。この場をお借りして厚く御礼申し上げます。

ネットビレッジ株式会社上野季規様、桜井甲一郎様、宇田圭吾様、株式会社姫屋ソフト／シーズウェア様、大和環様、株式会社エンターブレイン森丘めぐみ様、そしてこの本を手に取ってくださったＥＶＥシリーズファンの皆様にも、ありがとうございました。

またお会いできますよう……！

二〇〇一年　八月

桜庭一樹

■ご意見、ご感想をお寄せください。

ファンレターの宛て先
〒154-8528 東京都世田谷区若林1-18-10
株式会社エンターブレイン　エンターテイメント書籍部
桜庭一樹　先生

■ファミ通文庫の最新情報はこちらで。

エンターブレインホームページ
http://www.enterbrain.co.jp/

ファミ通文庫

EVE TFA　亡き王女のための殺人遊戯《デス・ゲーム》

二〇〇一年一〇月二日　初版発行

著者　桜《さくら》庭《ば》一《かず》樹《き》
発行人　浜村弘一
編集人　青柳昌行
発行所　株式会社エンターブレイン
〒一五四-八五二八　東京都世田谷区若林一-一八-一〇
電話　〇三(五四三三)七八五〇(営業局)
編集　エンターテイメント書籍部
担当　森丘めぐみ
デザイン　今福健司
写植・製版　株式会社パンアート
印刷　凸版印刷株式会社

定価はカバーに表示してあります。
落丁本・乱丁本はおとりかえいたします。

ISBN4-7577-0573-5

EVE TFA
The Fatal Attraction
~亡き王女のための殺人遊戯《デス・ゲーム》~
Kazuki Sakuraba

桂木 弥生
桂木探偵事務所の若き敏腕所長。忙しいほどに煙草の本数が増える日々。
「なんでこんなに忙しいんだ?」

天城 小次郎
A級ライセンスを所持する凄腕探偵……のはずだが相変わらず事務所は閑古鳥。
「なんでこんなに暇なんだ?」

法条 まりな
内調の教官からついに現場復帰の予定。張り切っているがときどき空回り。
「よし、いっちょ大暴れしますか!」

EVE TFA
The Fatal Attraction
-EVE TFA ~亡き王女のための殺人遊戯《デス・ゲーム》~

中村 由朗
六本木署の刑事。秋田犬を飼っていてなぜかいつも犬連れで登場する。弥生にメロメロに惚れてしまい……?

セシル
あまぎ探偵事務所を訪れた美しき依頼人。ブラジルからやってきた美少女。怪しげな秘密があるらしい……?

安岡 漣
桂木探偵事務所を訪れた依頼人。人を探しているらしい。なにかワケありの様子だが……?